순수한 모순

순수한 모순

김솔 연작소설집

2025
문학실험실

장미여, 오 순수한 모순이여, 기쁨이여 그 많은 눈꺼풀 아래에서

그 누구의 잠도 아닌 잠이여.

R. M. 릴케

009 편지
[프란츠 카프카, 1883년 7월 3일~1924년 6월 3일]

059 신작
[호르헤 프란시스코 이시도로 루이스 보르헤스,
1899년 8월 24일~1986년 6월 14일]

099 장미
[니콜라이 바실리예비치 고골, 1809년 3월 20일~
1852년 2월 21일]

137 롱괴르(Longueur)
[밀란 쿤데라, 1929년 4월 1일~2023년 7월 11일]

180 작가(들)의 말

편지

[프란츠 카프카, 1883년 7월 3일~1924년 6월 3일]

[Take 1-2] 이 편지들은 세 번째 약혼식을 마친 뒤부터 FB가 보내온 것들입니다. 저희는 두 주 동안 스위스를 여행하면서 결혼을 진지하게 고민했습니다. 이미 두 번의 약혼과 파혼을 반복한 탓에 사랑의 감정이 뜨겁진 않았지만, 각자의 운명을 더 이상 의심하지 말고 서로에게 헌신하자고 합의한 상태였죠. 국적은 달라도 걸어서 삼십 분 안에 도착할 수 있는 마을에서 평생을 살았기 때문에 저희는 어느 쪽에다 신혼집을 차리더라도 크게 상관없었습니다. 그런데 좀 더 곰곰이 생각해보니, 게르만 순혈주의가 흑인을 존중할 것 같지 않았어요. 그래서 제가 독일에서 체코로 건너가는 게 낫겠다고 생각했습니다. 체코 사회의 상류층을 차지하고 있는 동족의 도움을 받아 밥벌이할 자신도 있었죠. 하지만 유럽 전

역으로 번지는 전운을 피해 FB는 유럽을 떠나 중국이나 에티오피아로 이주하길 원했고 그게 여의찮다면 스위스와 같은 중립 지역에 남겠다고 고집을 피웠습니다. 여행 내내 티격태격하다가 결국 파혼을 결정했던 것이죠. 그녀의 멈추지 않는 식탐도 그 결정에 큰 영향을 끼쳤습니다. 그녀는 저와 데이트하는 내내 한시도 쉬지 않고 자신의 입에 뭔가를 쑤셔 넣었으니까요. 석탄을 태워서 작동하는 기계 같았죠. 겉으로 봐서는 도무지 정체를 짐작할 수 없는 것들을 삼키면서 말했기 때문에 그녀의 이야기를 한 번에 알아듣는 경우는 거의 없었어요. 자꾸 반복해서 묻고 답하는 과정에 넌덜머리가 나서 아무 말도 하지 않은 채 산책이나 일광욕을 하기도 했답니다. FB는 식탐 말고도 혐오스러운 습관을 아주 많이 지니고 있었어요. 그녀는 소지품은 물론이고 쓰레기조차 함부로 버리는 법이 없었고, 주변에 널려 있는 책이며 신문, 심지어 광고지까지 닥치는 대로 읽었으나 정작 몸을 씻고 단장하는 일에는 전혀 신경 쓰지 않았답니다. 하루에 한 번 우슬초를 씹는 것으로 양치질을 대신했으니 더 말해서 뭘 하겠습니까? 그녀의 불우했던 성장 환경을 연민하려고 애썼지만, 혐오의 벽을 뛰어넘을 수는 없었답니다. 처절한 실패의 과정이 그 편지들 속에 고스란히 기록돼 있을 거예요.

[1982. 11. 7.] 모두에게 널리 알려진 것처럼, FB는 폐결핵으로 죽기 직전에 지인들에게 마지막 편지를 보내어 자신의 작품과 편지를 모두 불태워 없애달라고 부탁했다. 이미 독일인 여자와 결혼해서 두 아이를 키우고 있던 나에게도 그런 편지가 도착했다. 하지만 나는 세 번째 파혼 직후 FB와 관련된 흔적들을 모두 불태워 없앴기 때문에 그녀의 유언을 무시했다. 십여 년쯤 지난 뒤 부모님 집을 수리하다가 마룻바닥 아래에서 FB의 편지를 서른두 통이나 발견했다. 연애 시절 FB는 자신의 편지에 대한 나의 답장이 늦어질 때마다 내 부모의 집으로 편지를 다시 보냈고, 아들이 같은 여자와 네 번째 약혼과 파혼을 할지도 모른다는 불안감 때문에 나의 부모님은 그걸 차마 내게 건네주거나 버리지도 못한 채 숨겨놓으셨다. 그러다가 내가 독일 여자와 결혼해 두 아이를 낳으면서 그것의 존재를 깡그리 잊어버리셨다. 편지와 편지봉투의 공백마다 낙서와 그림이 빼곡히 들어차 있는 것으로 보아 내 아이들이 그걸 도화지처럼

사용했다가 할아버지의 꾸중을 피해 마룻바닥 아래 숨긴 것 같다. 전쟁 중에 겪었던 불운이 모두 FB의 저주에서 시작됐다고 확신하던 내가 정작 그 명백한 증거를 즉각 없애지 못하고 머뭇거린 까닭은, 전쟁 중 폭격으로 죽은 첫째 아이의 흔적이 그 편지에 고스란히 남아 있기 때문이거니와 겨우 살아남은 둘째 아이를 살리기 위해서 나는 무슨 일이든 닥치는 대로 해야 했기 때문이다. 전쟁 직후 FB는 이십 세기의 문제 작가로서 국제적 명성을 쌓아가고 있었는데 베일에 가려진 그녀의 일생을 복원해줄 증거와 증인이 턱없이 부족했다. 나는 FB의 문학에 대해서 세계 최고의 전문가로 알려진 독일 국립대학의 교수를 찾아갔다. 강의를 끝내고 나오던 그는 남루한 차림의 내가 흉기를 꺼내기 위해 주머니를 뒤지고 있다고 생각했는지 비명을 질렀다. 나는 FB와 스위스 여행에서 찍었던 사진—그것은 그 교수가 편집해 출간한 FB의 소설책에서 잘라낸 것이었고 FB는 죽기 전까지 그걸 보관하고 있었다—을 내 얼굴 옆에 가져다 대며 교수가 사진 속의 남자와 나를 천천히 비교할 수 있도록 고개를 들이밀었다. 겁에 질린 그는 여전히 내 의도를 알아차리지 못했다. 하긴 사진 속의 나는 실연과 결혼, 전쟁과 포로 생활을 겪고 십여 년 뒤에 현실로 나왔기 때문에 그 둘의 연관성을 알아차리는 게 쉽진 않았을 것이다. 그래서 FB의 약혼자만이 알 수 있는 에피소드를 늘어놓으면서 FB가 보낸 편지 한 통을 보여주었다. 여전히 경계심을 거두지 못한 교수에게 나는 연락처를 남긴 채 집으로 돌아왔다. 그 교수의 전화를 받은 건 나흘 뒤였다. 여전히 나의 정체를 확신하지 못한 그는 FB와 관련된 몇 가지 질문으로 나를 검증했다. 나는 FB의 작품을 거의 읽어보지 않았기 때문에 그 내용이나 배경에 대해 아는 체하지 못했으나, 그것들을 집필할 시기에 FB의 상황이나 주요 사건 등은 제법 구체적으로 설명할 수 있었다. 결국 한 시간여 동안의 심문 끝에 그는 마침내 내가 FB와 세 번의 약혼과 파혼을 거듭했다가 자취를 완전히 감춰버린 약혼자라고 확신하게 됐다. 그는 사라진 퍼즐 조각 하나를 찾기 위해 십여 년을 허비했다고 투정했다. 나는 FB와의 연애 시절이 너무 괴로웠기 때문에, 그리고 또다시 그녀와 네 번째 약혼과 파혼을 거듭하게 될까 봐 두려워서 이름을 바꾸고 기억까지 버린 채 살아야 했다고 변명했다.

[Take 2-1] 녹음이 잘되고 있는지 모르겠네요. 제가 좀 더 크게 말하는 게 나을까요? 미군에게 포로로 잡혀서 심문받을 때도 지금보다 더 긴장하진 않았던 것 같아요. 저 같은 사병은 상관의 명령을 거부하는 즉시 총살당했을 것이라고 일관되게 대답한 덕분에 간신히 석방될 수 있었답니다. 그건 어느 정도 진실입니다. 저는 나치군으로 징집되기 전까진 자동차 공장의 노동자에 불과해서 세계의 역사나 이데올로기에 대해 전혀 몰랐으니까요. 그렇다고 유능한 기술자도 아니었고, 부품을 공장으로 옮기거나 쓰레기를 모아서 소각하는 일을 했어요. 그래도 제 임무에 자부심을 느꼈습니다. 하지만 FB에겐 그렇게 말하지 않았습니다. 마치 제가 잠시 자리를 비우기라도 하면 공장 전체가 멈추게 되는 것처럼 과장했죠. 반면에 FB는 자신의 재능과 작품을 몹시 부끄럽게 여겨서 그녀가 먼저 작품에 관련된 화제를 꺼낸 적은 거의 없었죠. 제가 작품을 보여달라고 간청해도 그녀는 저를 실망시키고 싶지 않다면서 끝까지 거절했습니다. 그래서 첫 번째 파혼에 앞서 제가 이렇게 따진 적이 있습니다. 세상에 발표하지 않을 작품을 쓰느라 매일 고통받는 것보다 나와 결혼해서 아이를 낳고 기르는

게 더 의미 있는 일이 아니냐고. 여자의 성공은 남편과 자식들의 인생 안에서만 판별될 수 있다고 믿는 자들의 압박을 견뎌낼 자신이 있느냐고. 부질없는 역사에 이름을 새기려는 허영심 때문에 얼마나 많은 인간이 비참하게 죽어가는 줄 아느냐고. 부끄러운 고백입니다만, FB를 만나기 전까지 제 삶은 책의 영향을 거의 받지 못했습니다. 죽은 자들이 남긴 문서를 뒤적거리면서 제 인생을 낭비하고 싶지 않았다고 변명하고 싶군요. 전 여태껏 제가 직접 경험한 것들만 진실이라고 굳게 믿고 있습니다. 그렇다고 책 안에 기록된 것들이 모두 거짓이라는 말은 아니고, 그저 제게 불필요할 것으로 간주했다는 뜻이에요. 이런 제 대답을 듣고 있던 FB의 눈빛을 지금도 잊을 수가 없습니다. 책으로 경험한 세계까지 자신의 인생에 기꺼이 포함해야 한다고 믿는 그녀는 차가운 침묵으로서 저를 경멸하고 자신의 숙명을 격려했어요. 그래서 첫 번째 파혼이 결정된 것입니다. 물론 육 개월 뒤에 우리가 두 번째 약혼하게 될 것이라고는 상상하지도 못했습니다.

[1982. 11. 11.] 문학 교수를 만나고 집으로 돌아왔을

때 두 가지 감정, 즉 부채감과 박탈감에 차례대로 사로잡혔다. 세 번째 파혼 이후 요양원에서 홀로 죽음을 기다리던 FB에게 단 한 통의 편지도 보내지 않은 것을 몹시 후회한다. 하지만 파혼한 지 한 달 만에 독일인 여자와 결혼한 주제에 옛 애인을 걱정하는 건 몰염치한 행동이었다. 그리고 그녀의 유명세 덕분에 곤궁함을 해결하게 된 지금도 나의 뒤늦은 사죄는 세간의 오해를 불러오기에 충분하다. 그것이 내가 느낀 부채감이었다. 하루가 지나자 그것은 박탈감으로 대체됐는데, 적어도 FB의 일생을 나보다도 더 자세하고 정확하게 증언할 수 있는 자는 없다고 생각했기 때문이다. 당장이라도 FB의 작품을 모두 찾아 읽고 그것들을 집필할 당시의 상황을 기억해낼 수 있다면 그 교수가 독점하고 있는 권위를 빼앗아올 수 있을 것 같았다. 하지만 FB의 작품에 등장하는 비정상적 인물들의 하리망당한 이야기는 갖가지 해설서의 도움으로도 거의 이해할 수 없었다. 로마니와 흑인, 그리고 체코 문화의 영향을 순수 독일인인 내가 제대로 읽어내는 건 도저히 불가능했다. 잔혹한 전쟁의 상흔이 거의 지워진 지금까지도 그런 작품과 작가에게 열광하는 세태가 궁금하다 못해 무서웠다. 결국 FB의 상품성을 지켜내려면 그 교수에게 적당히 협조해야겠다고 결심했다. 나는 여동생의 집에서도 FB가 보낸 편지 여섯 통을 새로 찾아냈다. 격정에 휩싸여 하룻밤 사이에 완성된 그것들은 나에 대한 비난으로 가득 차 있었다. 세상에 공개하는 게 꺼려졌으나 큰 돈벌이를 포기하느니 차라리 후안무치의 악당으로 유명해지는 게 낫겠다는 생각에 그것 또한 공개하되 일부 내용을 지우려고 시도했다. 전쟁 중 폭격의 결과라고 둘러대면 그만이었다. 그때 그 교수에게서 전화가 걸려 왔다. 마치 숨어서 나의 일거수일투족을 감시하고 있는 것처럼 그는 내가 새롭게 기억해낸 에피소드나 새로 발견한 자료가 있는지 꼬치꼬치 물은 뒤, 세상 사람들은 이미 나와 FB 사이의 지난한 연애 과정을 잘 알고 있으므로 그들의 기대에 부합하는 기억과 증거만이 환영받을 것이라고 충고했다. 그러면서 자신이 근무하고 있는 대학에 미공개 자료들을 기증해준다면 FB에 대한 칭송을 내게 나눠주겠다고 설득했다. 하지만 나는 언젠가 그 교수의 권위를 빼앗아올 작정이므로 건성으로 대답하면서 그걸 가장 비싸게 팔 방법을 궁리했다. 평생 체코를 떠나지 않았던 FB가 위대한 작가의 반열에 들어섰다면 당연히 체코 정부가 그녀의 자료를 간절히 바랄 테지만, 공공기관은 예산이 늘 부족해서 내가 기대하는 만큼의 보상을 제공하진 못할 것이다. FB의 작품들은 독일어로 완성됐으므로 체코 정부보다 독일 정부가 더 관심을 보일 수 있는데, 자국의 이익을 위해 두 번씩이나 세계대전을 일으킨 국가인 만큼, 공익의 목적을 개인의 권리보다 강조하면서 내게서 강제로 빼앗은 자료들을 국가 재산으로 공표할 위험이 높았다. 그러니 유명한 예술 작품들을 거래하는 국제적 경매 기업의 도움을 받는 게 최선이다. 부유한 수집가들의 경쟁심을 부추겨 낙찰가를 올리려면 세계적 권위의 전문가가 나의 정체성과 영향력에 대해 더욱 적극적으로 홍보해줄 필요가 있었다.

[Take 3-4] 저는 친구를 따라 송년 파티에 참석했다가 그녀를 처음 만났습니다. 모든 남자의 호감을 단숨에 끌어낼 수 있을 만큼의 미인은 아니었지만, 맑은 눈빛과 검은 피부, 그리고 부드러운 침묵이 매력적이었죠. 작은 목소리로도 거의 모든 화제에 가장 인상적인 논평을 남기더군요. 그녀의 고혹함은 박식함에서 비롯되는 것 같았어요. 파티가 끝나기 두 시간 전부터 저는 그녀

와 두 번째 만날 방법을 궁리했죠. 첫 번째 파혼한 뒤로 두 번의 약혼과 파혼을 거듭한 까닭도 제가 그녀에게서 받은 첫인상을 차마 포기하지 못했기 때문일 겁니다. 십여 년 동안 한 여자와 세 번의 약혼과 파혼을 반복하는 얼간이가 세상에 엄연히 존재한다는 사실과 그 얼간이가 바로 저라는 걸 깨닫는 데에도 시간이 아주 많이 걸렸답니다. 이른 아침부터 저녁 늦게까지 카를교 위에서 장신구를 파는 FB가 우아한 취미로서 글을 쓴다고 수줍게 고백했을 때, 저는 마치 얼굴 없는 자를 대하듯 그녀의 얼굴을 한참 동안 들여다보았죠. 그렇다고 그녀가 갑자기 우아한 칼리오페로 변신하는 건 아니었고, 자신에게 걸맞지 않은 옷을 입은 어릿광대처럼 보여서 안쓰럽기까지 했습니다. 저는 FB가 문맹에서 겨우 벗어난 수준의 일기를 끄적거린다고 짐작했습니다. 하지만 그녀가 프라하의 논쟁적인 작가들과 정기적으로 교류하면서 단행본까지 출간했다는 사실을, 저와 FB가 만나는 데 중요한 역할을 했던 친구에게서 전해 듣고 놀랄 수밖에 없었죠. FB는 책의 제목이나 내용을 끝까지 알려주지 않았지만, 사랑하는 여자에 관해 더 많은 것을 알고 싶어 하는 남자의 열망에 감복한 친구를 통해 그걸 알아낼 수 있었습니다. 저녁에 잠자리에 들었다가 갑자기 암사자로 변신한 주인공이 허기를 참지 못하고 동생이 기르던 고양이를 잡아먹으려 했다가 아버지가 쏜 총에 맞아 죽게 됐는데, 그 사건을 계기로 주인공의 가족이 더욱 화목해진다는 내용이라더군요. FB가 정말 이런 소설을 쓴 게 맞나요? 그렇다면 이 소설의 어떤 미덕이 칭송받아 마땅한 건가요? 전 이 이야기를 듣고 나자 FB의 식탐과 불결함이 동시에 떠올라서 헛구역질을 멈출 수가 없었습니다. 아무튼 그 뒤로 FB가 달리 보이긴 했어요. 상념에 잠겨 있는 그녀 앞에 서면 벌거벗겨진 기분이었다고 뒤늦게나마 고백하겠습니다.

[1982. 11. 15.] 두 달에 걸쳐 나와 교수는 열한 번쯤 만났다. 원래는 열두 번의 인터뷰가 계획됐으나 아홉 번째 인터뷰를 끝냈을 때 그 교수는 더 이상 내게서 새롭게 얻어낼 정보나 자료가 없다고 판단했는지 계획을 수정했다. 아홉 번의 인터뷰는 모두 그 교수가 근무하는 대학교의 강의실에서 진행됐는데, 이 년 동안 포로수용소에 갇혔던 내가 콘크리트 벽이나 철문 앞에서 기억의 실타래를 놓치게 될까 봐 걱정해 교수는 강의실의 출입

문과 유리 창문을 모두 열어놓았다. 그리고 복도에 두 명의 제자를 배치해 훼방꾼들이 접근하지 못하도록 조치했다. 창밖의 하늘빛이나 나무 냄새는 기억을 복원하고 연결하는 데 확실히 도움이 됐다. 교수는 자신의 휴대용 녹음기만으로는 불안했는지, 세 번째 인터뷰부터 최첨단 녹음 장치와 전문 녹음기사까지 동원했다. 열 번째 인터뷰는 생전의 FB가 동료 작가들과 문학 토론을 즐겼다는 카페의 소음 속에서 진행됐기 때문에 그 교수는 녹음된 내용을 확인하기 위해 내게 열 번쯤, 그중 절반은 자정을 훨씬 넘긴 시간에 전화를 걸어 왔다. 마지막 열한 번째 인터뷰를 위해 교수는 나와 FB가 두 번째 약혼 직후 반 년간 동거했던 집을 통째로 빌렸다. 집 안으로 들어설 때까지도 나는 그곳을 기억해내지 못했는데, 그도 그럴 것이 전쟁으로 처참하게 파괴된 마을이 현대식 콘크리트 건물들로 채워지고 신작로의 방향마저 바뀌어 있었다. 나와 FB가 살았던 집 역시 정확한 고증 없이 날림으로 복원된 탓에 그곳은 더 이상 누군가가 살 수 없고 잠시 둘러보는 곳으로 적합했다. 얄궂은 기념품을 기대하고 들른 관광객처럼 내가 주변을 두리번거리자, 그 교수는 열 번의 검증을 무사히 통과한 나의 정체를 다시 의심하기 시작했다. 집 안에서 유일하게 햇빛 쪽으로 뚫린 창문과 그 아래에 놓여 있는 책걸상의 주인을 확인하고 나서야 비로소 나는 밤마다 그곳에 앉아서 어둠과 백지를 번갈아 들여다보던 FB를 떠올릴 수 있었다. 나는 변명이랍시고, 나의 반대를 무릅쓰고 새벽까지 글을 쓰다가 끝내 유산한 FB와 두 번째 헤어진 뒤로는 그곳을 다시 방문하지 않았다고 둘러댔다. FB가 아이를 유산한 적이 있다는 사실을 처음으로 알게 된 교수는 그녀의 작품에 숨어 있는 난수표를 찾아낸 듯 너무 흥분한 나머지 녹음기도 켜지 않은 채 질문을 이어갔다가 뒤늦게 녹음 버튼을 누르면서 이전의 대답을 반복해달라고 내게 요구했다. 열두 번째 인터뷰를 내가 완강히 거부한 까닭은 무의식적으로 튀어나온 거짓말을 뒷수습할 자신이 없었기 때문이다. FB를 두 번째 만났을 때 키스를 시도했다가 그녀의 입과 몸에서 풍겨오는 악취에 매우 놀란 뒤로 나는 그녀와의 신체적 접촉을 피하고 있었다. 물론 십여 년의 연애 동안 잠자리를 갖지 않은 건 아니었으나 잉태를 기대할 수 있을 만큼 내가 그녀의 나신 위에서 전율한 적은 단 한 번도 없었다. FB 역시 절정에 이르기 직전에 등을 돌렸다.

우리는 서로를 붙잡고 싶었지만, 어디에다 갈고리를 걸어두어야 할지 알아내지 못해서 세 번째 약혼과 파혼을 했다. 교수는 자신의 아이를 빼앗겼다는 상실감이 FB의 인생과 작품에 어떤 영향을 끼쳤는지 파악하기 위해 임신부터 유산까지의 상황을 자세하게 이야기해달라고 채근했으나, 나는 FB가 온종일 기괴한 몽상에 빠져 있었기 때문에 임신과 유산이 실제로 그녀에게서 일어난 사건인지 확신할 수 없다는 말로 그 교수의 호기심을 더욱 자극했다.

[Take 4-4] FB와 첫 번째 약혼을 결정한 건 순전히 경제적인 이유 때문이었죠. 제가 다니던 자동차 회사에서는 몇 가지 규정에 따라 직원들에게 수당을 지급했는데, 그건 독일인의 위대한 혈통을 강조하던 정부 정책에 입각했습니다. 매주 일요일 오후에 시청의 정책 간담회에 참가하거나 한 달에 한 번씩 보육원과 병원에서 봉사하는 것 말고도, 그저 결혼해서 아이를 낳거나 육 개월 동안 술을 마시지 않아도 직원들은 수당을 받을 수 있었죠. 아무리 빨아 먹어도 크기가 줄어들지 않는다는 의미로 직원들은 그 복지 규정을 고무 사탕이라고 불렀

답니다. 저 역시 그걸 맛볼 기회를 놓치고 싶지 않았기 때문에, FB를 다섯 번쯤 만난 뒤부터 구애를 시작했죠. 물론 수당 이야기는 꺼내지 않았습니다. FB는 출처가 모호한 행운이나 기쁨은 더 큰 불행의 전조로 여기고 극도로 경계했죠. 그래서 저에 대한 호감을 애써 부인하지는 않으면서도 청혼을 승낙하지 않았답니다. 그 대신 자신의 복잡한 감정이 담긴 편지를 제게 보내기 시작했고 때론 우화 형식의 소설로 편지를 대신한 적도 있었죠. 그 편지를 교수님이 직접 읽어보셨다면 그녀가 여성의 권리 신장을 사회주의자들에게 얼마나 기대했는지 확인하셨을 텐데, 유감스럽게도 첫 번째 약혼 후 얼마 지나지 않아서 그것들은 원래의 주인에 의해 불살라지고 말았습니다. FB는 조로아스터교 신자처럼 불이 자신의 운명을 정화해준다고 믿는 것 같았어요. 그래서인지 그녀는 글을 쓰기에 앞서 종잇조각을 촛불에 태우곤 했죠.

[1982. 11. 17.] 열한 번째 인터뷰—그 뒤로 두 차례 편지를 주고받았으니, 인터뷰를 열세 번 진행했다고 말할 수도 있겠다— 이후 반년이 지났는데도 그 교수가

FB에 관한 새로운 연구 결과를 발표했다는 소식은 들려오지 않았다. FB의 일생을 기억하는 유일한 생존자로서 자서전을 편찬하려는 계획에 차질이 생길까 봐 초조했다. 그래서 나는 그 교수에게 서너 차례 전화했으나 통화할 수 없었다. 신분을 속인 채 몇 명의 담당자를 거친 끝에 겨우 그 교수와 연락이 닿았는데, 그는 수업과 학회 활동을 병행하느라 너무 바빠서 원고를 아직 완성하지 못했다고 둘러대고 전화를 급히 끊었다. 나는 점점 거세지는 생활고 때문이라도 그 교수의 해명을 곧이곧대로 받아들일 수만은 없었다. 사례금의 일부라도 변통할 목적으로 대학교를 찾아갔을 때 그 교수가 한 달 전에 사직하고 체코로 이주했다는 이야기를 전해 들었다. 그 순간 나는 그에게 돌려받지 못한 서른두 통의 편지를 떠올렸다―동생 집에서 찾아낸 여섯 통의 편지는 다행히 내 수중에 있었다―. FB는 편지와 모든 작품을 독일어로 썼으나 그녀의 국적은 엄연히 체코였기 때문에, 체코 정부는 FB의 유산을 차지하기 위해 독일 정부와 경쟁했다. FB의 작품에 대한 세계 최고의 권위자가 체코인 어머니를 뒀다는 사실에 오랫동안 집중한 끝에 체코 정부는 그 교수가 내게서 훔쳐 간 편지들을 확보했는지도 몰랐다. 그리고 체코 정부가 준비하는 FB의 탄생 사십 년 또는 서거 십 년 행사에 맞춰 그 교수는 자신의 새로운 연구물을 전 세계에 발표할 수도 있다. 내게 응당 돌아와야 할 명예와 보상을 그 교수가 독차지하는 걸 보고 있을 수만은 없어서 독일과 체코 사이의 무력 충돌까지 기대하면서 나는 FB의 유산을 독일로 찾아올 조력자를 수소문했다. 한 달쯤 지나 그 교수는 발신인 주소가 없는 편지 한 통을 수표와 함께 내게 보내왔다. 나의 증언이 FB의 일기와 완벽히 일치하지 않았고 서른두 통의 편지들 역시 필적 감정을 통과하지 못하면서 그는 자신의 새로운 논문을 발표할 수 없었다고 불평했다. 평생 쌓은 업적이 한순간에 무너져내렸다는 자괴감 때문에 한참 동안 바깥출입을 하지 못하다가 결국 교수직까지 사임한 채 체코로 이주했다고 털어놓았다. 그런데도 내게 약속했던 사례금의 일부를 보낸 까닭은 내가 FB와의 하찮은 인연을 앞세워 그녀의 명성을 통째로 파괴할 것 같아 걱정돼서, 그녀의 작품과 인생으로 위로받는 전 세계 독자들을 대신해 자중을 간청하고 싶기 때문이라고 썼다. 나는 단숨에 그 교수의 간계를 간파했으나 법적 대응을 실행하진 못했다. 내 수중에 목돈이 생긴 걸 알아챈 아내가 이혼 소송을 먼저 진행했기 때문이다. 아내는 둘째 아이의 미래를 위해서라도 이혼과 위자료가 필요하다고 소리쳤다. 죽은 FB보다 살아 있는 아이가 더 소중했으므로 나는 아내의 의견에 순순히 따랐다. 그 교수에게 돈을 되돌려주지 않은 한 나는 FB의 편지가 모두 가짜라는 사실을 인정하는 꼴이었으니, 아무도 내 말을 믿어줄 것 같지 않았다. 그래서 혈혈단신으로 독일을 떠나 아프리카 곳곳을 방랑했던 것이다.

[Take 5-5] 교수님은 그녀를 고작 사진으로만 만나봐서 그녀의 식탐과 몸냄새를 상상하지 못하시겠지만, 그걸 한 번이라도 직접 경험하셨다면 그녀에 대한 존경심은 절반쯤 줄어드는 대신 저에 대한 연민은 두 배쯤 늘어났을 겁니다. 작달막하고 뚱뚱하면서 눌변에다 유머 감각이 전혀 없는 여자가 전도유망한 작가라는 후광만으로 모든 청년을 매혹할 수는 없습니다. 설상가상으로 그녀의 피부색마저 검었으니, 그녀와 팔짱을 끼고 거리를 걷는 게 누군가의 부러움을 살 일이 아닐 수도 있었죠. 그런데도 저는 도대체 그녀의 어떤 매력에 제압당

해 세 번씩이나 약혼했는지 모르겠습니다. 회환을 동원해 이유를 추정해보자면, 우선 저나 FB는 너무 젊었습니다. 오만한 젊음은 늘 상대를 하찮게 여기는 동시에 자신의 능력을 과장하는 경향이 있죠. 그리고 둘 다 모두 가족의 무게에서 서둘러 벗어날 궁리를 한다는 점도 같았죠. 하지만 그 무엇보다도 더 결정적인 자극이 있었다면, 그건 바로 전쟁의 음울한 기운이었어요. 독일이나 체코 어느 쪽에서든지 결혼해서 부양해야 할 자식이 없는 젊은이들은 전쟁터로 끌려가 이웃을 닥치는 대로 죽여야 했어요. 전 반듯한 직업을 지니고 있었는데도 흉흉한 소문을 결코 모른 척할 수 없었어요. 제 주위엔 결혼 적기의 여자들이 적은 반면, 신랑감으로 뛰어난 조건을 지닌 경쟁자는 너무 많았기 때문에 자격지심이 절 불안하게 만든 것도 사실입니다. FB와 첫 번째 파혼하긴 했으나 만약 그녀를 대체할 신붓감을 찾지 못한다면 아쉬운 대로 그녀에게 다시 돌아갈 요량으로 완전히 절연하지는 않을 생각이었죠. 이렇게까지 말하고 나니 FB에게 너무 미안해지는군요. 그녀에게도 매력이 전혀 없는 건 아니었죠. 이웃이나 역사에 무심한 것 같으면서도 부조리한 인과관계를 찾아내 수정하려고 애쓰는 모습이 감동적일 때도 많습니다. 서커스단의 맹수를 눈빛만으로 제압하는 조련사와 닮았다고나 할까요? 그녀와 함께 있으면 수상한 세계와 우스꽝스러운 시행착오가 제게 큰 상처를 입히지 못할 것 같았어요. 저는 그녀를 누나나 엄마처럼 의지했는지도 몰라요. 물론 그런 감정은 사랑으로 승화하지 못했고 그로 인해 두 번의 파혼을 더 겪었을 테죠. 세 번째 파혼마저 합의하고 나니 마치 차꼬를 풀어헤친 듯한 홀가분함이 찾아왔고, 한 달 뒤에 아주 예쁘고 헌신적인 독일 여자와 결혼하면서도 아무런 죄책감을 느끼지 못했습니다. 저 스스로 서커스단의 맹수가 된 것이죠. 그리고 곧 전쟁이 일어났습니다.

[1982. 11. 19.] 다리가 하나밖에 없는 장애인이 가족이나 친구의 도움 없이 이국에서 생활하는 건 전혀 쉽지 않았다. 나치군으로 가담했던 경력이 탄로 날까 봐 신원 증명을 요구하는 직업 근처에는 아예 얼씬하지 않았다. 의족을 차고 노점부터 거리 청소, 건설 현장 잡부, 탄광 사무소 서기, 도축장 관리인, 밀수 등 불법 체류자들이 해야 할 일들에 뛰어들었으나 재능을 인정받지 못해서 한곳에 오래 정착할 수 없었다. 내가 살면서 확실

하게 처리할 수 있는 일이라곤 자살밖에 없다는 결론에 도달하지 않기 위해 버둥대다가 병원에서 시체를 처리하는 일까지 맡게 됐는데, 그건 내가 그동안 저지른 죄악을 속죄하는 데 아주 적절한 직업이었다. 처참한 모습으로 남겨진 시체를 깨끗이 닦고 분장해서 그것의 주인이 마치 천사의 등에 업혀서 행복하게 이승을 빠져나간 것처럼 위장하는 건 그저 살아남은 자들에게서 죄책감을 덜어내려는 목적이었을 뿐이다. 이십여 년 동안 그 일에 몰두하면서 나는 내 인생에 새겨진 전쟁과 이혼의 상처를 함께 닦았고 죽음의 유혹과 고독의 공포를 이겨냈다. 그 과정에서 FB의 작품들이 크게 도와줬다는 사실을 인정하겠다. 그녀와 연애하던 시절이나 악마를 대신해 전쟁을 수행하던 시절에, 그리고 문학 교수와 열 번 인터뷰할 때까지만 하더라도 나는 그녀의 작품은커녕 일생조차 정확히 이해하지 못할 것이라고 체념했다. 하지만 온종일 시체의 무력감과 권태 속에 갇히자 비로소 그녀의 작품과 일생이 내게 말을 걸어오기 시작했다. 위선적 현실보다 기괴한 이야기가 훨씬 더 큰 위안을 건네주었다. FB에게 네 번째로 청혼할 수 없어 안타까웠는데, 어느 날 문득 그럴 방법이 떠올라 나는 병원에 사직서를 내고 독일로 귀국했다.

[Take 6-7] FB가 폐결핵으로 죽고 일 년이 지나서 기어이 전쟁이 발발했습니다―그녀는 집에서 평온하게 죽음을 맞이했기 때문에 그녀의 사인死因을 공식적으로 확인해준 의사는 없었다고 들었습니다. 그녀의 식탐을 떠올려보면 궁핍한 생활 중에 부패한 음식을 삼켰다가 화를 입었을지도 모르지만 망자의 명예를 훼손하고 싶지 않았을 테니 누군가 우아한 병명을 생각해내지 않았을까요? 저승에서는 부디 배곯는 일 없기를―. 저는 그녀의 부고를 듣지 못한 채 나치군의 전투병으로 징집됐습니다. 전장은 지옥 그 자체였습니다. 죽음의 신은 모두에게 그걸 기억시키기 위해 어느 쪽도 전투에서 일방적으로 승리하도록 허락하지 않았죠. 동료나 적군의 시체를 밟고 서 있을 때만 비로소 제가 살아 있다는 사실을 잠시 확인할 수 있을 정도였으니까요. 제 목숨을 지키기 위해 적들과 그들의 가족을 어쩔 수 없이 살해하고 있다고 생각했는데, 나치군의 패배가 거의 확정된 무렵에는 적들과 그들의 가족이 저에게 복수하기 위해 전쟁을 계속하고 있다는 사실을 깨달았습니다. 죽은

자들이 살아남은 자들보다 훨씬 행복하게 보였습니다. 그리고 살아남은 자들은 백일몽과 현실을 구분하지 못했죠. 전 세계에서 진행되는 전쟁을 한꺼번에 끝낼 순 없어도 내가 빠져든 지옥만큼은 내 죽음으로 파괴할 수 있을 것이라고 생각했습니다. 그러다가 어느 날 아침 참호 속에서 면도하려고 거울을 들여다보니 FB와 똑같은 인간이 그 안에 숨어 있었더군요. 저는 삼킬 수 있는 건 닥치는 대로 삼켰고 온몸의 악취를 부끄러워하지 않았으며 박하 향이 나는 풀을 이틀에 한 번씩 씹는 것으로 양치질을 대신했습니다. 머지않아 유령으로 변신할 동료들과는 거의 대화하지 않은 채 온종일 장전된 총을 쥐고 있으면서 점령지에서 만나게 될 여자들의 나신을 상상하기까지 했죠. 저를 제외한 세계는 적들로 가득 채워져 있었기 때문에 전 사격을 멈출 수 없었습니다. 기이한 황홀경에 빠져들 때마다 FB의 얼굴이 떠올랐습니다. 그녀라면 제가 빠져 있는 현실에서 도망칠 방법을 가르쳐줄 수 있을 것 같았거든요. 그래서 저는 옛날 기억을 떠올리고 그녀에게 편지를 보냈죠. 안부를 물으면서 그녀가 출간한 책 한 권을 보내달라고 간청했지만, 답장을 받지 못했습니다. 생명력 강한 그녀가 전쟁 통에 죽었을 것이라고는 상상할 수 없었고, 피난을 떠나는 바람에 제 편지를 받지 못했다고 생각했습니다. 나중엔 그녀가 답장을 보내지 않는 까닭이 저에 대한 증오가 아직도 작동하고 있기 때문이니, 그건 좋은 징조라고 여겼죠. 전쟁이 끝나는 대로 그녀를 찾아가 네 번째 약혼을 제안할 작정이었거든요. 독일인 아내와 자식들에겐 용서받지 못하겠지만, 저보다도 훨씬 훌륭한 인간들이 허무하게 사라진 세상에서 제가 용케 살아남은 이유를 증명하려면 FB를 고립무원에서 구해내야 한다고 생각했습니다. 전쟁이 제 인생을 거꾸로 흘러가게 만들었으니, 세 번의 약혼과 파혼을 한 여자보다 제가 더 사랑할 수 있는 인간은 없었습니다. 그런 의지가 저를 살렸던 것 같아요. 포로수용소에서 그녀의 부음을 들었죠. 그래서 독일인 아내와 자식들에게로 돌아가야 했습니다.

[1982. 11. 22.] 귀국하기에 앞서 나는 문학 교수와의 인터뷰를 도왔던 조수들의 행방을 수소문했다. 둘은 그 교수가 사직한 뒤에도 대학에 남아서 학업을 이어가다가 한 명은 지방 대학의 교수가 됐고 다른 한 명은 작가로 변신했다. 그들은 FB의 옛 애인이 살아서 인터뷰 녹

음을 남겼다는 사실과 자신의 스승이 그에게서 FB의 편지를 훔쳤다는 사실을 세상에 알리지 않은 채 그저 자신의 스승이 FB에 대한 새로운 연구물을 발표할 때까지 하염없이 기다리고 있었다. 그렇다고 스승에 대한 존경심을 지닌 것 같진 않았고 그저 배신 행위가 알려지면서 감당해야 할 불이익을 걱정했던 게 분명했다. 나는 그들에게 각각 전화를 걸어, FB의 편지를 들고 그들의 스승을 찾아간 걸 지금도 몹시 후회하고 있으며 그녀의 편지들을 반드시 되찾아 불태울 수 있도록 도와달라고 간청했다. 교수가 된 자는 마치 내 연락을 오랫동안 기다렸다는 듯이 몹시 흥분해서, 체코로 도망친 스승은 이십 년 전에 이미 새로운 연구물을 완성해 학회에서 발표했으나 FB 편지를 입수한 경위를 제대로 설명하지 못해 여태껏 공식 논문으로 인정받지 못하고 있다고 말했다. 폐 속에 죽음의 기운이 가득 찬 도둑은 자신의 장물을 주인에게 돌려줄 기회를 학수고대했으므로 나의 연락을 크게 반길 것이라고 확신했다. 그러면서 자신이 체코까지 기꺼이 에스코트하겠다고 약속했다. 예상보다도 훨씬 빠르고 흡족한 결말에 내가 방심하고 있을 때 작가가 된 제자가 나를 찾아와 함정을 미리 귀띔해주지 않았더라면 나는 또다시 FB를 부관참시할 뻔했다. 그 작가는 스승의 권위에서 FB를 해방해야 한다고 목청 높였다. 그리고 FB의 편지를 돌려받더라도 불태우지 않고 박물관에 보관하는 것이 모두를 행복하게 만드는 방법이라고 설득했다. 내가 법적 소송을 준비하고 있을 때 그는 기자회견을 열고 내가 남긴 녹음 파일과 FB의 미발표 편지 서른두 통의 존재를 언론에 공개했다―그는 자신의 스승 몰래 복사본을 만들어 가지고 있었다―. 나는 기자회견장으로 불려가 FB에 대한 기억을 애상적으로 회고하는 한편 빼앗긴 편지들의 가치를 과장했다. 회견 말미에 작가는, 체코의 박물관이나 미술관의 시설이 너무 열악해서 인간 정신의 보물을 독일인처럼 완벽하게 보존할 수 없다고 주장했다. 전 세계 FB의 열성 독자들은 나를 따라 일제히 분개하며 국제적 범죄자의 신변을 보호해주는 체코 정부에게 항의했으나, 그 교수나 체코 정부는 아무런 대응도 하지 않았다. FB와 같은 흑인이면서 독일에서 크게 성공한 사업가는 FB의 사라진 편지들을 거액에 구매해서 독일 박물관에 기증하겠다는 광고를 주요 일간지에 게재했다.

[Take 7-1] 여러 번 말씀드렸습니다만, 저는 제 의지와 상관없이 나치군으로 전투에 참여했다가 한쪽 다리를 잃고 포로수용소에서 일 년 남짓 갇혀 지냈습니다. 다리 하나로는 제 어리석음과 비겁함에 대한 죗값이 부족하다고 생각했는지 수감 기간 내내 치욕적인 처벌이 반복됐습니다. 다행히도 저보다 더 큰 죄악을 짓고 판결을 기다리는 자들이 갑자기 밀려든 덕분에 저는 간신히 석방될 수 있었습니다. 고향 집에서 저를 기다리던 아내와 둘째 아이가 현관 밖까지 맨발로 뛰어 나와 제게 안기는 순간 제가 살아남은 이유를 깨달았습니다. 사람을 살리는 일에 온 힘을 쏟으라는 하나님의 뜻을 충실히 따르겠다고 맹세했죠. 하지만 거동이 불편한 가장이 전쟁의 폐허 위에서 할 수 있는 일은 거의 없었고, 시민들이 공평하게 나눠 가질 빵과 석탄도 충분하지 않았습니다. 아내가 이웃의 농사를 돕고 얻어오는 감자 몇 개로 겨우 연명하면서, 가까운 시일 안에 기적이 일어나지 않는다면 둘째 아이라도 부잣집의 양자나 하인으로 보내는 방법을 궁리했습니다. 행인의 바짓가랑이를 붙잡고 구걸이라도 해볼 작정으로 거리에 나갔다가 노점상의 좌판에서 FB의 책을 기적적으로 발견하고 크게 기뻤습

니다. 그 늙수그레한 상인조차 전체주의와 가부장제를 신랄하게 비판하던 FB의 작품에서 뜨거운 위로를 받고 있더군요. FB를 잊은 건 아니지만 기괴한 모습을 보여주고 싶지 않아서 연락을 머뭇거리고 있었는데, 그녀가 이미 이 세상에 존재하지 않는다고 하니 또다시 버림받은 것 같아서 서운했죠. FB에 대한 신화를 강화하기 위해 집주인이나 카페 종업원의 거짓말까지 동원되고 있는 마당에 그녀와 세 번씩 약혼한 자의 증언은 FB의 일생과 작품 세계를 제자리에 돌려놓는 데 가장 중요한 역할을 할 수 있겠다고 확신했습니다. 물론 괜찮은 밥벌이라는 생각도 했고요. 그래서 FB가 남긴 편지들을 들고 그녀의 일생과 작품에 대해 최고의 권위자로 알려진 당신을 찾아온 것입니다.

[1982. 11. 25] 나의 기자회견 소식을 전해 들었을 텐데도 당사자는 체코의 법전 뒤에 숨어서 침묵하다가, 성난 독일인들이 베를린 주재 체코 대사관 앞으로 몰려가 연일 시위를 벌이자 비로소 체코 언론에 등장해서 자신을 프로메테우스로 항변했다. FB의 편지를 훔친 건 사실이지만 인류 전체의 재산이 흔적도 없이 불태워지는

걸 걱정해서 교수직과 국적까지 버린 채 체코로 망명했으며, 자신의 안전을 보장받는 즉시 그 편지들을 체코 정부에 기증하겠다고 약속했다. FB의 작품 세계를 전혀 이해하지 못한 내가 동거 기간 내내 그녀를 얼마나 멸시하고 학대했는지 열거하면서, FB의 폐결핵 소식을 듣자마자 일방적으로 세 번째 파혼을 선언한 자도 나였다고 주장했다. 전쟁 중에 인종 학살에 깊이 관여한 죄목으로 포로수용소에 갇혔던 사실은 나를 더욱 난처하게 만들었다. 생전에 FB가 전혀 교류하지 않았던 친척까지 등장해 FB가 생전에 체코인으로서의 자부심을 자주 토로했다고 증언한 뒤로, 이번에는 프로메테우스를 보호해야 한다는 여론이 체코 쪽에서 들끓었다. 체코의 문화부 장관은 사견을 전제로, 독일의 무력 침공에 깊은 상처를 입었던 체코 국민이 두 번 다시 애국심을 포기하지 않도록 모든 수단을 동원해서라도 FB의 유산을 반드시 지켜낼 것이라고 기자들 앞에서 답했다. 체코 법원은 이 년 동안의 심의 끝에 그 편지들을 진짜 소유자에게 돌려주라고 명령했지만, 절도범을 처벌하는 대신 절도범과 주인의 원만한 협상을 권고했다. 이에 불복해 내가 추가 소송을 진행하는 사이에 그 교수는 폐암으로 사망했고 FB의 편지들은 그의 아들에게 상속됐다. 임종 직전에 그 교수는 장물을 체코 정부에 기증하라고 유언했다는데도 그의 아들은 이 사실을 세상에 알리지 않은 채 잠적해버렸다. 책임감 강한 체코 기자들의 노력 덕분에 그 교수의 아들이 반년 뒤에 언론 앞으로 끌려 나왔다. 부끄러움을 모르는 그는 그 편지들을 모처에 잘 보관하고 있으나 자신의 신변에 조금이라도 문제가 생기는 즉시 불태워버리겠다고 협박했다. 체코 정부는 유물 소장자의 환심을 얻을 기회를 놓치지 않고, 자국민의 권리를 훼손하는 외국인에겐 입국 금지나 강제 추방 조치를 내릴 수 있다고 경고했다. 체코와 독일 정부가 무력 충돌까지 불사할 상황인데도 정작 유족에겐 두 국가 중 누가 더 많은 보상금을 지급할 수 있느냐만이 중요할 뿐이었다. 체코 정부는 비밀경찰을 붙여 소장자의 일거수일투족을 감시하게 하고, 가택 연금한 채 협박과 설득을 반복했으나―심지어 최면술을 시도하기도 했다― FB의 편지가 숨겨져 있는 곳을 찾아내지 못했다. 감시가 소홀해진 틈을 타서 자동차를 몰고 독일로 도망친 소장자는 자신의 소셜미디어에 불탄 편지 사진을 게시하면서 세상 사람들을 놀라게 했다. 체코 정부와 독일 정부는 초법적 조치를 즉각 중단하고 비난의 화살을 나의 탐욕스러움에 돌렸다. 내가 소장자의 조울증을 자극하지 않는 한 FB의 유산은 두 나라 사이에서 영원히 보호받을 수 있다고 믿는 듯했다. 정의로운 응징을 천명한 극우주의자들 때문에 나는 은신처를 수시로 옮겨야 했고, 나를 돕던 자들—죽은 교수의 두 제자들을 포함해서—마저 몸을 사리고 멀어졌다. 이런 부조리한 상황이 이미 반세기 전 완성된 FB의 작품에 등장했다는 사실에 숨이 막힐 지경이었다.

[Take 8-6] 솔직히 고백하자면 제 치부가 너무 신랄하게 기록된 FB의 편지 몇 통은 세상에 공개하지 않기로 결심했습니다. 그건 FB의 작품이나 인생하고 전혀 관계없는 내용이라 교수님께도 보여드리지 않겠습니다. 아, 지금 제게 화를 내시는 겁니까? 제 결정을 존중해주세요. 지금 제게 욕설을 내뱉으신 건가요? 제가 전쟁을 치르는 동안 체코인에게서 그런 욕설을 너무 자주 들었기 때문에 똑똑히 기억하죠. 그리고 그렇게 무례를 범한 자들은 단 한 번의 예외도 없이 비극적 종말을 맞이했다는 사실을 알려드리고 싶군요. 오늘로써 인

터뷰를 마칠까요? 전 아무래도 상관없습니다. 교수님의 헌신 덕분에 FB가 슈퍼스타가 된 이상, 제 이야기를 듣고 싶은 독자들은 세상에 얼마든지 있을 테니까요. 제가 지닌 FB의 편지를 독점하기 위해 수많은 출판사가 조만간 천문학적 계약금을 앞세우며 경쟁할지도 모르죠. 교수님이 크게 오해하고 계신 것 같아 분명히 말씀드립니다만, 전 FB처럼 죽은 자가 아닙니다. 그리고 교수님의 하인이나 제자도 아닙니다. 전 책임감 강한 가장으로서 제 가족을 부양해야 할 의무를 충실히 이행하기 위해 교수님을 제 발로 찾아왔을 뿐입니다. FB 덕분에 교수님께서 누리고 계신 명예와 재력 중 적어도 절반 이상은 FB의 유일한 약혼자에게 돌아가야 할 몫이었습니다만, 전 결코 교수님 앞에서 무례를 범하고 싶진 않습니다. 전쟁터에서 너무 많은 죽음을 목격한 자들은 하찮은 잡초 앞에서도 한없이 숙연해질 수밖에 없지요. 왜냐하면 그것들이 그렇게 존재하려면 수천만 겹의 우연과 신의 자비가 필요할 테니까요. 더욱이 인간의 생명은 신분이나 능력과 상관없이 그저 사소한 실수에도 쉽게 꺼질 만큼 미약하기 이를 데 없답니다. 저는 교수님을 동업자로 간주하고 있습니다. 저와 벌써 여덟 번이나 인터뷰하셨으니, 교수님은 길에서 우연히 황금 덩어리를 주우신 것과 다름없죠. 그러니 교수님도 제게 정당한 보상을 해주셔야 합니다. '이 편지를 들고 온 자를 죽이시오'라는 편지를 들고 이웃의 왕을 찾아갔다가 살해당한 그리스 왕의 일화를 알고 계시겠죠? FB가 저를 향해 날린 분노를 가감 없이 대중에 공개할 경우, 저만큼이나 FB도 상처받게 될 것은 자명합니다. 그토록 파렴치한 남자와 세 번의 약혼과 파혼을 반복한 FB의 우매함을 세상에 알려서 교수님이 얻으시려는 게 도대체 뭔가요? FB처럼 위대한 예술가는 추락할수록 더욱 빛난다고 말씀하고 싶으신가요? 채찍을 사납게 휘두르다가 결국 FB를 쓰러뜨린 서커스단의 조련사로 저를 낙인찍으시려는 건 설마 아니겠죠? 불필요한 고민과 갈등을 피하기 위해서라도, 위대한 작가로서 FB의 참모습이 고스란히 드러나는 편지만을 공개하는 게 낫겠다고 생각했습니다. 하지만 너무 걱정하실 필요는 없어요. 제가 이곳에 가지고 오지 않은 편지들을 벌써 불태웠거나 수정한 건 아니니까요. 연구에 필요하시다면, 그걸 세상에 공개하지 않는다는 조건으로 교수님께만 특별히 보여드릴 수는 있습니다. 우린 목적과 방법을 이미 공유하고 있으니까요. 그래도 예상치 못한 상황을 대비해서 약식 계약서 정도는 남기는 게 좋겠습니다. 오늘이라도 당장 소정의 계약금이라도 받게 된다면 제 가족들 앞에서 체면을 세울 수 있을 것 같아요. 지금까지 한 이야기가 모두 정상적으로 녹음됐는지 확인해주시겠어요?

[1982. 11. 29.] 나는 지금 행려병자들에게 마지막 숙식을 제공해주는 요양원에서 천천히 죽어가고 있다. 명확한 병명은 알 수 없지만 굳이 알고 싶지 않다. 어떤 병도 아직 나를 한꺼번에 완전히 쓰러뜨릴 수 없다. 그리고 와병으로 죽는 것이야말로 영겁의 축복이란 사실을 전쟁터에서, 그리고 병원의 시체 보관실에서 분명하게 배웠다. 나는 살아 있는 동안에 FB와 관련된 두 가지 임무를 마무리하려 한다. 첫 번째 임무는 당연히 FB의 편지를 되찾는 것이다. 내 자격과 권리는 이미 법적으로 확인됐기 때문에 불법적인 수단을 동원해서라도 범법자를 단죄할 것이다. 마지막으로 한 번만 더 설득해보겠으나 끝내 반환을 거부한다면 나는 자신의 작품과 편지를 모두 불태워달라는 FB의 유언에 따라 불법 점유자와 그의 가족이 함께 잠들어 있는 집을 통째로 불태울

수밖에 없다. 오히려 그것이 조로아스터교도 같았던 FB에게 사죄하는 가장 극적인 방법처럼 생각되기도 한다. 몇 마리의 다람쥐들이 여기저기에 묻어두었다가 잊어버린 도토리 덕분에 참나무 숲이 더욱 우거지듯이, FB의 영혼에서 떼어낸 조각들도 세상 어딘가에 숨겨져 있다가 고통을 들여다볼 거울이 필요해질 때마다 작가들과 독자들을 여러 곳으로 동시에 불러 모을 수 있을 테니까 말이다. 만약 기적적으로 편지를 돌려받게 된다면 파리스 사과를 절반으로 나누어 독일과 체코 정부에 각각 기증하면서 두 국가는 절대로 침공하지 않겠다는 약속을 받아낼 것이다. 이것이 내가 죽기 전에 이루고 싶은 두 번째 임무이다. 체코에 살면서 독일어 작품을 썼던 그녀를 정확히 이해하려면 독일인과 체코인이 함께 연구해야 하지 않을까. 더 이상 나와 FB 사이의 연서戀書로 폄훼될 수 없는 그것들은 불에 타거나 사라질 수도 없다. 그 대신 나의 무덤은 어디에도 남기지 않을 것이다. 죽기 전에 FB와의 추억을 책으로 남기자는 제안을 여러 출판사에서 받았으나 나는 FB의 작품에 관해 거의 알지 못했기 때문에 거절했다. 하지만 전쟁 중에 죽은 줄로 알았던 옛 애인이 갑자기 등장해 불미스러운 소란을 일으켰으니, FB의 독자들에게만이라도 정중히 사죄해야겠다고 생각했다. 그래서 프로메테우스의 제자이자 독일의 유명 작가에게 나의 등장부터 퇴장까지의 이야기를 간단히 정리해 신문이나 잡지 기사로 발표해달라고 부탁했다. 혹시라도 내 몫의 인세가 배당된다면 FB의 무덤을 관리하는 자들에게 보너스로 전액 기부될 테니, 내 탐욕을 더 이상 걱정하지 않아도 된다. 무일푼인데도 나는 지금 천국의 시민으로 살고 있다.

[Take 9-12] FB와 약혼과 파혼을 거듭하는 사이에도 저는 다른 여자들의 치마 속을 기웃거렸습니다. 세 번의 파혼 중 적어도 한 번은 그 이유가 원인이었죠. FB는 제 외도 사실을 끝까지 모른 척했지만. 파혼은 언제나 제가 먼저 선언했답니다. 자신을 얼마나 사랑하는지 절대 묻지 않는 여자를 사랑하는 게 얼마나 힘든지 아시나요? 이미 죽은 자를 사랑하는 게 아니라, 산 자가 죽은 사랑을 살리기 위해 버둥거린다는 열패감이 자주 들어찼어요. 그러면 몸과 마음이 얼음기둥처럼 딱딱해졌죠. 제 비열한 행동에 대해 좀 더 그럴듯한 변명을 듣고 싶으시다면 젊음과 죽음의 부조화 때문이었다고 말하

겠어요. 사방에서 전운이 빠르게 밀려오고 있는데—제가 근무하던 공장에서도 자동차 대신 탱크를 만들기 시작했어요— 독서나 토론에 전혀 흥미가 없던 저로선 불안감을 해소하기 위해 불량한 친구들과 몰려다니면서 추잡한 일탈을 즐겼습니다. 사랑할 대상이 필요했던 건 맞지만 꼭 FB가 아니어도 상관없었어요. 하지만 두 번의 파혼으로도 FB와 절연하지 못하고 세 번째 약혼한 걸 보면 저는 그녀를 전쟁과 반대되는 존재로 여겼던 것 같습니다. 사랑과 연민을 혼동했을 수 있고, 그녀의 작품 속에 숨어서라도 죽음을 피해 영원한 젊음을 누리려 했을 수도 있죠. FB는 어땠을까요? 왜 파렴치한 저를 세 번이나 참아낸 것일까요? 저와의 결혼 생활에서 뭘 기대했던 걸까요? 혹시 그녀는 누군가의 그림자로 변신하고 싶었던 것은 아닐까요? 광장을 지나가는 사람들의 그림자를 상상해보세요. 그건 주인을 구분할 수 없고 언제든 모습을 바꾸다가 뒤섞이고 분리되죠. 그리고 그림자를 만드는 실체는 자유롭거나 아름답지 않아요. FB는 인간으로서 지녀야 할 최소한의 조건만을 수용한 채 나머지 인생은 타인과 사회를 관찰하고 고발하는 데 모조리 쏟아부으려 했던 것 같아요. 그러려면 자신이 숨어들 누군가가 필요했고 그게 저라고 해도 상관없었던 겁니다. 두 번이나 자신을 실망시킨 자와 세 번째로 약혼할 수 있었던 까닭도, 저 역시 누군가의 불안하고 모호한 그림자에 불과하다고 여겼기 때문일지도 몰라요. 그녀의 수동적이고 냉소적인 태도가 저를 더욱 갈등하게 했죠. 욕망으로 들끓고 있는 저를 그림자로 취급하는 데 도무지 참을 수가 없었어요. 교수님에게 공개할 수 없는 편지에서 FB는 저의 파렴치한 언행을 자세히 상기시켰지만, 절교하는 대신 용서를 약속했죠. 십여 년이 지난 지금 다시 그 편지를 읽어야 하는 게 너무 괴롭습니다. 그러고 보니 그녀의 작품 중에는 그림자로 변신한 사내가 가족 부양의 부담에서 잠시 벗어나 아프리카로 휴가를 떠났다가 가족의 오해로 밀림과 함께 불타버리는 것도 있었죠. 그게 언제 창작됐는지는 모르겠습니다만, 세 번째 파혼을 앞두고 저와 FB가 겪고 있던 상황이 그와 아주 다르진 않았습니다.

[1982. 12. 7.] 스승이 강제로 입힌 코르셋에서 FB를 해방해주고 싶었던 작가는 자신이 완성한 원고를 들고 나를 찾아와 한참 동안 울분을 터뜨렸다. 그는 FB의 편

지를 되찾아 나의 인터뷰 내용과 대조해보지 않는 한 진실이 독자들에게 고스란히 전달되지 않을 것 같다며 걱정했다. 나를 물심양면으로 도와준 것만으로도 FB에 대한 존경심은 충분히 증명됐다고 위로했으나, 그는 원고를 맡기고 돌아갈 때까지 냉정함을 회복하지 못했다. 그러고는 내 걱정대로 기어이 사고를 저지르고 말았다. 그는 교수의 아들이 사는 집으로 숨어 들어 집 안 곳곳에 석유를 뿌리고 가족을 인질로 잡은 채 FB의 편지를 당장 내놓지 않는다면 그들을 무참히 살해할 것이라고 소리쳤다. 그러고는 그의 아내를 칼로 위협하면서 불씨를 바닥에 던졌다. 다행히 불씨는 석유에 닿지 않았으나 침입자의 단호함을 확인한 집주인은 겁에 질린 표정으로 집 안 어딘가로 뛰어가더니 편지 상자를 들고 돌아왔다가 일부러 그걸 바닥에 떨어뜨렸다. 그건 경찰이 도착할 때까지 시간을 벌기 위한 행동이었고 침입자도 그 사실을 즉각 간파했다. 하지만 FB 편지를 실제로 본 적이 없는 그는 바닥에 떨어진 편지 중에서 어떤 것을 집어 들어야 하는지 몰라 머뭇거리다가 집주인이 휘두른 의자에 정수리를 맞고 쓰러졌다. 경찰이 일 분만 늦게 도착했더라도 그는 과다 출혈로 즉사했을 것이다. 집주인은 경찰이 도착하기 전에 FB의 편지를 숨겼고, 경찰은 침입자를 절도와 상해 혐의로 연행했다. 이틀 뒤 그 사건이 독일 언론을 통해 알려지면서 그 범인은 단숨에 국가적 영웅으로 떠올랐다. 심지어 어떤 독일인은 그와 나의 정체를 혼동하기까지 했다. 흥분한 피해자는 만약 자신에게 똑같은 사건이 재발한다면 FB의 편지는 지구상에서 영원히 사라질 것이라고 엄포를 놓으면서도, 정작 그 편지들의 건재를 증명해보이라는 여론의 요구에는 꿈쩍하지 않았다. 독일과 체코의 언론은 나와의 인터뷰를 희망했지만, 그 인질범의 형량이 결정되기 전까지 나는 경솔하게 행동해서는 안 됐다.

[Take 10-5] FB의 마지막 편지에서 그녀의 투병 사실을 알아차렸더라면 훨씬 더 상냥하게 대응했을 겁니다. 하지만 이전에도 여러 번 말씀드렸듯이 저는 더 이상 그녀의 그림자로 활용되는 걸 원치 않았기 때문에 그 편지도 대충 읽고 던져버렸습니다. 그래도 그때나 지금이나 저는 그녀가 자신의 작품과 편지를 모두 불태우려 했다는 사실을 전혀 믿지 않습니다. 주변에 널려 있는 책이며 신문, 심지어 광고지까지 닥치는 대로 읽고

그것들 위에 해독 불가한 글자들을 휘갈기던 그녀를 가까이에서 지켜보셨다면 제 말에 고개를 끄덕이실 겁니다. 오히려 그녀는 자신과 자신의 작품을 지켜달라고 부탁하기 위해서 그 편지를 써서, 자신의 숨은 뜻을 정확히 간파할 수 있는 자들에게만 보낸 게 분명합니다. 출간된 즉시 영혼에 화학반응을 일으키는 책들을 어떻게 모조리 없앨 수 있단 말인가요? 게다가 그녀의 모든 편지에는 이전 편지에서 언급한 내용이 항상 담겨 있고 작성 날짜와 함께 고유 번호까지 붙어 있었으니, 편지 몇 통을 잃어버린다고 해도 일련번호를 따라 읽다 보면 사라진 내용을 충분히 짐작할 수 있겠더라고요. 그녀의 작품도 마치 제 꼬리를 물고 있는 뱀처럼 모두 연결돼 있어서, 한 작품을 제대로 이해하기 위해서는 다른 작품에서 단서를 찾아야 한다고 들었죠. 그녀의 마지막 부탁을 완강히 거절한 건—또는 무시한 건— 공익을 위해 옳은 결정이었습니다. 그 덕분에 너무 괴이하거나 잔혹해서 외면당하던 진실이 드디어 만천하에 드러날 수 있었죠. 고객에게 식칼을 팔았다고 해서 상점 주인을 살인교사죄로 기소할 수 없듯이, 그녀의 작품이 갈등과 저항을 선동했다는 비난은 권력층과 이에 부역하는 자들을 겨냥해야 합니다. 정규교육도 제대로 마치지 못할 만큼 가난하고 의기소침한 흑인 여자에게서 떨어져 나온 영혼의 조각을 차지하기 위해 처절하게 다투는 자들을 보고 있자니 울화통이 터질 지경이에요. 흑인이나 여자가 아니었다면 차별당하지 않았을 것이고, 자격지심이나 분노가 없었더라면 그토록 위대한 글이 태어나지 못했을 것이라고 주장하는 자들은, 제가 장담하건대, 인종이나 성별의 우위를 앞세우며 언젠가 다시 전쟁을 공모할 게 틀림없습니다. 제가 지닌 전 재산을 판돈으로 걸고 내기할 수도 있습니다.

[1982. 12. 23.] 산 자들과 죽은 자들을 화해시킬 방법이 내 손에 달려 있다는 사명감에, 죽음을 앞둔 FB처럼 나 역시 편지를 써서 체코의 신문사에 보냈다. 독일이 아닌 체코 신문사를 선택한 까닭은 내가 참가한 전쟁의 피해자들과 후손들에게 마지막으로 사죄하고 싶었기 때문이다. 행려병자 면회실에서 이루어진 인터뷰에서 나는 전쟁이나 불행한 개인사에도 뻔뻔하게 살아남은 수치심을 인정했다. 그러면서 내가 대학교수에게 도난당한 FB의 편지들은 모두 내가 전처에게 부탁해

만든 가짜라고 폭로했다—실제로 나는 삼십 년 전 그 대학교수를 만나러 가기 전에 더 극진한 대접과 흡족한 사례금을 기대하고, 내가 자주 다니던 술집의 여급에게 부탁해 옛날 종이에 FB의 필체로 가짜 편지 두 통을 만들었으나 그 여급이 너무 많은 사례금을 요구하는 바람에 그 자리에서 찢어버리고 말았다—. 그 대학교수도 위조 사실을 단번에 눈치챘지만, 내 신분이 확실한 이상 그 편지들의 진위 따윈 중요하지 않다고 판단한 게 분명했다. 그리고 그 비밀을 생전에 가족에게조차 귀띔해주지 않았기 때문에 나만큼이나 FB의 일생과 작품을 거의 모르는 교수의 아들은 지금까지도 그 편지들의 가치를 수백만 달러로 믿고 있다고 조롱했다. 나는 여동생의 집에서 찾아낸 여섯 통의 FB 편지를 세상에 처음 공개했다. 그걸 받아 든 기자의 손이 격렬하게 흔들렸다. 그녀는 독일어 문장을 거의 해독하지 못했지만 그게 진본이라는 사실만큼은 확신했는지, 그 편지를 세심하게 살피고 사진기 셔터를 연신 눌러대면서 적어도 삼십 분 이상 나를 죽은 사람으로 취급했다. 흥분이 가라앉자, 그녀는 그 편지를 전문가들에게 들고 가서 감정을 받아도 되겠느냐고 물었다—내가 서른두 통의 편지를 공개했을 때 그 문학 교수도 이와 비슷한 반응을 보였던 것으로 똑똑히 기억한다—. 그 편지의 진위를 감정할 수 있는 최고의 전문가는 바로 나라고 소리치고 싶었으나, 맥이 풀려 한마디도 흘러나오지 않았다. 간신히 나는 공개해서는 안 되는 내용이 있는지 마지막으로 확인해보겠다고 둘러대며 편지를 돌려받았다. 그러고는 기자가 한눈을 판 사이에, 미리 준비했던 라이터로 그 편지들에 불을 붙였다. 순식간에 일어난 일이어서 그 기자 역시 FB의 유산이 불타오르는 모습을 속수무책 지켜볼 뿐이었다. 그래도 사진은 남았으니 무한히 복제되는 그것의 원본을 차지하기 위해 체코와 독일 정부가 싸우는 일은 없을 것 같았다. FB의 영구 귀국을 위해 인질극을 벌였다가 독일의 감옥에 구속된 작가가 무사히 석방될 수 있도록 체코 정부를 압박해달라는 당부로 인터뷰를 마쳤다. 신문 기사는 일주일 뒤에 실렸는데 아마도 불탄 편지들의 진위를 파악하고 기사가 일으킬 파장을 가늠할 시간이 필요했을 것이다. 자신의 재산권을 심각하게 침해당했다고 분개한 교수의 아들이 마침내 FB 편지의 사본을 들고 언론 앞에 나타나 그것들을 모처에 안전하게 보관하고 있지만 박물관처럼 완벽한 조건을 유지할 수 없으므로 정부나 기업이 그것들을 구매해 박물관에 기증해주면 좋겠다고 말하면서, 삼 년 전 경매업체가 공시한 금액보다 스무 배나 높은 보상금을 요구했다. 하지만 FB의 전문가들은 그와 내가 각각 공개한 편지의 필체가 서로 다르다는 사실을 지적하면서, 마치 담합이라도 한 것처럼 일제히 나를 지원하고 나섰다. 교수의 아들도 필적감정사를 동원해 반격했지만, 수세에 몰리자 슬그머니 가격을 내리면서 독일과 체코 정부에 유화적인 메시지를 보냈다. 냉랭한 반응에 초조해진 그는 FB의 편지들을 은닉처에서 꺼내 와 집 안에 잠시 보관하는 실수를 범했고, 그의 아내가 그걸 훔쳐 체코 경찰에 제출하면서 시아버지와 남편이 연루된 도난 사건은 오 년 만에 일단락됐다. 교수의 아들은 십 년 형을 선고받고 법정에서 구속됐고 수감 중에 이혼 소송을 마쳤다. 체코와 독일 정부는 FB의 편지 서른두 통을 일련번호에 따라 절반씩 나눠 가지면서 매년 번갈아 FB 기념식을 개최하기로 합의했다. 기념식에 참석한 체코 기자는 내가 맡긴 여섯 통의 편지마저 양국에 절반씩 기증했다. 그녀는 도둑을 속이기 위해 나와 준비했던 비밀 작전의 전모를 소상히 밝혔다. 나는 그저 아이디어를 제공했을 뿐, 그걸 성공적으로 실행할 수 있었던 건 전적으로 그녀의 재능과 노력 덕분임을 여기에 다시 밝힌다. 독일 감옥에 갇혀 있던 작가는 이 작전을 전혀 알지 못했지만, 교수의 아들이 FB 편지 사본을 언론에 공개했을 때 수상한 낌새를 알아차리고 즐겁게 침묵했다.

[Take 11-2] FB는 자신이 뭔가를 잘못 삼켜서 임신했다고 생각했죠. 얼굴 앞에선 웃음을 참아야 했는데 그럴 수 없었어요. 그 때문에 한참 동안 FB와 냉랭한 기간을 보내야 했죠. 하지만 임신 소식에 전 진심으로 기뻤습니다. 아이는 신의 선물인 이상 아무도 저희의 사랑을 오독할 수 없게 됐으니까요—어쩌면 아이에게 집착한 이유 또한 발밑에서 꿈틀거리는 전쟁의 기운 때문이었는지도 모르겠습니다—. 전 자상한 남편과 아빠가 되기 위해서라면 뭐든지 할 준비가 돼 있었죠. 하지만 FB는 그렇지 않았습니다. 아이가 우리의 관계와 자신의 문학을 모조리 파괴할 것이라고 두려워했죠. 아무리 설득해도 그녀를 진정시킬 수가 없었어요. 입덧 때문에 음식을 거의 삼키지 못하는데도 새벽까지 글을 쓰겠답시고 버티다가 기어이 유산하고 말았답니다. 명백한 물증을

발견하지 못했지만, 신의 선물을 거부하려고 일부러 자신의 몸을 학대한 것 같았어요. 평소에 그녀는 글이 잘 써지지 않을 때면 잉크를 조금씩 마시기도 했는데, 어느 날 아침에 그녀의 책상을 보니 푸른색 잉크가 가득 담겨 있던 병이 두 개나 비어 있었습니다. 푸른색 잉크에는 독극물이 섞여 있다는 사실을 알게 된 뒤부터 그녀는 검은 잉크만을 사용했는데, 푸른색 잉크가 다시 등장한 걸 보고 이상한 생각이 들었죠. 하지만 끈질긴 제 추궁에도 그녀는 실수로 그걸 엎질렀다고 둘러댈 뿐이었습니다. 그런 논쟁이 있은 지 일주일 뒤에 사건이 벌어진 겁니다. 그러니 그녀가 소중한 생명을 하찮은 책 한 권과 바꿨다고 의심할 수밖에 없었습니다. 의자에 앉아서 하혈하는 그녀에게 저는 갖은 욕설과 저주를 퍼부었지요. 더 이상 그녀를 보지 않을 작정이었기 때문에 저는 짐을 챙겨 부모님 집으로 돌아갔습니다. 파혼 소식은 제가 그녀에게 편지로 알렸죠. 그런데도 아무런 회신이 없었습니다. 저의 상실감 따윈 아랑곳하지 않고 기괴한 작품 속의 등장인물에게만 몰입해 있을 그녀를 상상하니 부아가 치밀어 오르더라고요. 뺨을 때리지 못하면 침이라도 뱉어줄 요량으로 두 주일 만에 찾아갔더니 그녀는 침대에 누워 있고 잠옷은 푸른색 잉크로 물들어 있었습니다. 그녀를 죽음의 구덩이로 떠민 무력감이 어디서 시작됐는지는 모르겠습니다만, 한 인간의 비참함을 그대로 놔둘 수는 없었습니다. 그래서 허깨비처럼 가벼운 그녀를 업고 병원으로 뛰어가서 위를 세척했죠. 간신히 목숨을 구했지만, 임신할 능력까진 회복시킬 수 없었습니다. 그녀의 두 번째 자살 시도—제가 알지 못하는 사건들이 아주 많았을지도 모릅니다—를 막기 위해서라도 세 번째 약혼을 해야 했죠. 그런데 정작 아이는 그녀가 아닌 다른 여자의 몸에서 태어났습니다. 그래서 저는 FB와 세 번째 파혼하고, 아들을 출산한 지 일주일밖에 안 되는 독일 여자와 결혼했던 겁니다. 고맙게도 FB는 저의 부도덕함을 세상에 알리지 않은 것 같더군요. 영원한 타인으로 변신한 저를 배려한 게 아니라, 자신의 작품에 필요한 비장함을 유지하기 위해 일부러 불행을 끌어들이고 방치했을 수도 있습니다. 제발 제 추측이 완전히 틀렸기를. 그리고 죽음이 저를 영원히 처벌해주기를.

신작

[호르헤 프란시스코 이시도로 루이스 보르헤스,
1899년 8월 24일~1986년 6월 14일]

　공황장애로 일흔 살에 절필을 선언하고 은둔했으나 매년 가을 유럽의 도박사들에 의해 노벨 문학상의 유력한 수상 후보로 호명되고 있는 노작가의 신작이 절필한 지 십칠 년 만에 멘도사의 무명 출판사에서 출간됐다는 뉴스가 전해졌다. 그의 생사를 궁금해하던 독자들은—스웨덴 한림원은 생존 작가에게만 노벨 문학상을 수여하는 원칙을 유지하기 위해 매년 아르헨티나 정보국의 도움을 받아야 했다— 두 가지 반응을 보였다. 그의 작품들과 함께 성장한 독자들은 죽음을 앞둔 그가 세상에 마지막 선물을 남겼다고 반겼지만, 그에게 전혀 부채감을 느끼지 못하는 자들은 그를 호명한 도박사들이 최근 몇 년 동안 큰돈을 벌지 못하자—판돈이 많이 모일수록 배당률은 낮아진다— 한림원에 비열한 돈벌이를 제안했다고 비아냥거렸다. 하지만 신작 소식 이후 일주일 남짓 지났는데도 정작 그의 작품을 실제로 읽었다는 독자는 나타나지 않았다. 아르헨티나 출판 협회가 언론사와 함께 출판사와 서적 도매상, 인쇄소와 제지공장까지 샅샅이 뒤진 끝에, 백여 년 동안 멘도사에서 유명 와인을 생산하다가 파산한 양조장을 젊은 사장이 삼 년 전 인수해 출판사로 개조하고 첫 번째 출간물로 그 노작가의 작품을 선택했다는 사실을 확인했다. 하지만 출판사의 출입문은 굳게 닫혀 있었고 사장이나 직원들과는 연락이 전혀 닿지 않았다. 양조장 주인의 수상한 홍보 전략에 관심이 수그러들 무렵 멘도사의 서점 한 곳에 노작가의 신작이 등장했다. 이 사실을 소셜 미디어로 세상에 처음 알린 자가 서점 주인이 아니라 고객이었다는 사실 또한 수상하기 이를 데 없었다—나중에 언론사와 인터뷰를 진행한 서점 주인은 노작가의 작품들이 자신에게 서점을 운영할 용기를 심어주었다고 고백하면서도 정작 그의 절필 사실은 알지 못했고, 그와 비슷한 이름의 작가들이 스페인과 중남미에서 하루에 쉰 권 남짓의 신작을 출간하고 있기 때문에, 너무 바쁜 날엔 작가의 이름을 확인하지 않은 채 제목이나 출판사 상호에 따라 그것들을 진열하고 있다고 시인했다—. 약속 시각을 잘못 알고 한 시간이나 일찍 집을 나섰다가 서점에서 시간을 때워야 했던 여자가 셀피 몇 장을 자신의 소셜 미디어에 올렸는데, 그 사진의 배경 속에서 노작가의 신작을 발견해낸 친구의 전화를 받고 그녀는 그 책을 세계 최초로 구매한 독자가 됐으나 약속 시간에 쫓겨 첫 페이지조차 읽지 못하는 바람에 세계 최초로 서평을 남긴 독자가 될 순 없었다. 인터넷으로는 구매할 수 없는 책을 먼저 차지하려는 독자들이 아침부터 서점 앞에 길게 늘어선 광경을 보고 서점 주인은 매우 놀랐다. 개점부터 폐점 시간까지 독자와 언론사의 전화를 받느라 계산대를 비울 수가 없었다. 출판사 사장이 언론에 나타나 직접 설명하기 전까지 서점 주인은 자신에게 찾아온 행운의 인과를 제대로 설명할 수 없었다. 출판사와는 여전히 연락이 닿지 않았으나 매일 아침 어김없이 열 권의 책이 그 서점에 도착했다. 서점 앞에서 사나흘씩 노숙하면서 자신의 순서를 기다리는 자들의 감시 때문에 서점 주인조차 노작가의 신작을 차지하지 못했다. 그 책을 어렵사리 구매한 자들은 인터넷 경매 사이트를 통해 원가의 수십 배가 넘는 차익을 얻었다. 컴퓨터 프로그램으로 조악하게 번역된 해적판마저 비싼 가격으로 거래됐고, 신작이 출간된 지 한 달 뒤부터 그것에 대한 스페인어 서평이 인터넷상에 떠돌기 시작했다.

 그 책을 끝까지 읽은 독자들의 반응도 둘로 나뉘었는데, 노작가의 명성을 크게 훼손하는 작품은 출판사가 나서서라도 막았어야 했다는 쪽이 초반엔 우세했다. 신작에 수없이 등장하는 오류를 찾아내 자신의 소셜 미디어에 게시하고 불특정 다수와 공유하는 게 일종의 게임처럼 유행했다. 가령 노작가가 평생 존경해 마지않았던 프란체스코 데 께베도는 생전에 세르반테스를 만났거나 『돈키호테』를 각색한 작품을 발표한 적이 없고, 비밀스러운 연금술사 풀카넬리가 자신의 제자들 앞에서 이백 그램의 순금을 납으로 바꾼 뒤 그걸 삼키고 홀연 사라졌다는 기록은 어디에도 존재하지 않으며, 그라나다 지역을 지배하던 무함마드 12세가 페르난도 2세에게 왕국을 넘겨주고 있을 때 신민의 절반은 무슬림 군인들에 의해, 절반은 기독교 군인들에게 살해됐다는 내용 역시 진실이 아니었다. 바이킹이 세웠다는 빈란드의 유적은 이탈리아 산악 지역이 아닌 캐나다 해안 지역에서 발견됐고, 플리니우스가 기원전 77년에 처음 열 권으로 출간한 뒤 그의 조카에 의해 훗날 서른 권으로 증보된 『박물지』보다 기원후 3세기 중국의 위진남북조 시대에 발간된 열 권의 『박물지』가 세계 최초의 백과사전이라는 주장도 실려 있었다. 더욱 심각한 상황은 노작가가 열아홉 살에 처음 발표한 작품에서부터 일흔 살 절필할 때까지 일관되게 견지해오던 입장들—가령 탱고와 가르델 노래에 대한 반감, 가우초의 삶에 대한 동경, 중앙집권주의자들에 대한 조롱, 사실주의 문학에 대한 회의, 불교 사상에 대한 호기심, 채식과 과학에 대한 선호, 스위스 제네바에서 보낸 유년 시절에 대한 자부심 등—을 전면 부정하고 있다는 것이었다. 산불처럼 번지는 멸시와 오독을 막기 위해, 학술 단체까지 만들어 그 노작가의 노벨 문학상 수상을 지원하고 있던 작가들과 평론가들이 반격을 시작했다. 불완전하고 무질서한 현실 안에 던져진 작품은 미궁을 구축하는 재료에 불과하기 때문에 그것 자체의 교졸을 따지는 건 무의미하다고 주장했다. 맹인이라는 약점을 극복하고 국립도서관장의 자리에 오를 때까지 적어도 아르헨티나에서 유통되는 책들의 절반을 읽었다고 알려진 그가 자신의 작품에 거짓과 오류를 의도적으로 삽입했다면, 그건 자신의 이전 작품들을 정확히 이해하고 있다고 믿는 독자들에게 새로운 게임을 제안하려 했다는 것이다. 독자의 편의를 전혀 배려하지 않고 자신의 현학만 과시한다는 비난과 몰이해에 평생 시달려온 노작가가 자신의 마지막 작품 속에다 이전보다 훨씬 단순한 구조의 미궁을 만들고 거기서조차 빠져나오지 못한 독자들을 영원히 격리하려 했다는 해석도 뒤따랐다. 결국 그의 신작에서 거짓이나 오류를 발견하지 못했거나 그걸 발견하고 실망한 독자들은 모두 함정에 빠진 것이고, 함정을 발견하지 못했으면서도 마치 그걸 민첩하게 피한 것처럼 거들먹거린 독자들만이 노작가에게 열렬히 환영받을 것이라고, 노작가의 노벨 문학상 추천위원회장이자 오랜 친구인 대학교수가 콜롬비아 일간지에 기고했다. 하지만 노작가의 일생과 작품들에 열광하고 있던 대다수의 독자는 신작의 명백한 흠결이 작가의 노쇠함 때문이 아니라 문학에 문외한인 두 번째 아내의 우매함에서 비롯됐다고 확신했다.

예순여덟 살이 될 때까지 단 한 번도 결혼하지 않은 채 어머니와 함께 살아온 노작가는 아흔세 살의 어머니를 잃고 나자 비로소 펄프가 가득 찬 욕조 속에 홀로 버려진 것 같은 외로움을 느꼈다. 아무 곳에서나 걸음을 멈추고 손을 뻗기만 하면 진기한 책들을 찾아낼 수 있었지만, 그럴 마음이 전혀 내키지 않았다. 맹인 아들이 교통사고로 자신보다 먼저 죽지 않을까 몹시 걱정했던 그의 어머니는 자신의 죽음 뒤에 홀로 남을 아들이 끼니를 거르게 될까 봐 걱정했다. 그래서 독서 대신 요리에 관심이 많은 여자와 더 늦지 않게 결혼하라고 충고했다. 하지만 노작가는 어머니의 유언을 주의 깊게 듣지 않았는데, 자신이 지닌 책 중에는 누구나 산해진미를 만들 수 있는 방법을 알려주는 것도 있었기 때문이다. 장례식 다음 날부터 그는 다시 직장에 출근했고 퇴근길에 친구들을 만나 담소를 나눴다. 텅 빈 집에 가구처럼 지내고 싶지 않아서 자신이 그토록 경멸하던 피아졸라풍의 탱고 공연까지 관람하기도 했다. 결국 어머니가 돌아가신 지 반년쯤 지난 뒤부터 환청과 영양실조 증상이 나타나자, 노작가는 어머니가 즐겨 다니던 양장점의 여종업원과 결혼했다. 그는 자신의 첫 번째 아내가 친딸을 버린 채 두 번이나 이혼했다는 것과 자신의 아버지 역시 맹인이었다는 거짓말로 어머니의 환심을 샀다는 사실 또한 모르고 있었다. 그는 돈키호테처럼 책이 사라진 세계에서 모험을 해보고 싶었기 때문에 결혼식 당일까지도 그 여자의 정체를 확인하려 하지 않았다. 자신의 결혼에 반대할 친구들을 일절 초대하지 않은 채 그는 부주교 앞에서 자신이 준비해온 볼숭 사가풍의 서정시 한 편을 낭송하고 결혼 증명서에 서명했다. 그리고 결혼식이 끝나자마자 신랑과 신부는 각자의 집으로 돌아가 조촐한 피로연을 즐겼다. 노작가의 결혼 소식은 일주일 뒤 급여 담당 직원이 그의 월급 명세서에 가족 수당을 추가하면서 국립도서관 직원들에게 알려졌고, 다음 날 아침 기자들이 몰려들었다. 노작가는 지그프리트와 브륀힐트의 일화를 들어 자신의 결정을 설명했다. 그러고는 그날부터 공개적으로 유부남 행세를 시작했다. 그렇다고 부부가 한집에서 지낸 건 아니었고 각자의 집에서 홀로 지내다가 이따금 밖에서 만나 저녁 식사를 함께하고 담소를 나누는 게 전부였는데, 식당이나 거리에서 우연히 노작가를 알아본 자들은 그의 옆에서 심드렁한 표정을 짓고 있는 여자가 속기사이거나 책을 읽어주는 자로 착각했다. 저녁을 마친 노작가는 아내 대신 지인이나 종업원의 부축을 받으며 귀가했다. 그래도 노작가는 한 번도 빠뜨리지 않고 월급날에 맞춰 생활비를 아내에게 보내주었다. 하지만 자신을 눈엣가시로 여기던 정치 세력이 군대를 앞세워 정권을 잡자, 그는 국립도서관장에서 해임됐고 그와 거의 동시에 공황장애를 이유로 절필을 선언하면서 이 년 남짓의 결혼 생활을 정리했다. 노작가는 훗날 자신의 첫 번째 결혼을 두고 '설명할 수 없고 불가사의한 실수Unexplainable and mysterious mistake'라고 규정했으나, 평생 열 권의 책도 읽지 않은 첫 번째 아내가 눈먼 노작가의 프러포즈를 순순히 받아들인 이유는 끝내 알려지지 않았다. 이혼한 지 십칠 년이 흐른 뒤 죽음의 문턱에 도달한 노작가가 첫 번째 부인에게 자신의 명성과 저작권을 고스란히 넘기지 않기 위해 두 번째 결혼을 다급히 추진했다는 소문은 진실처럼 세상에 받아들여졌다. 하지만 두 번째 아내 앞에 노작가와 삼십오 년을 동고동락한 여비서가 있었다는 사실을 간과해서는 안 된다.

가문의 저주에 따라 시력을 거의 잃게 된 노작가는 쉰세 살 때부터 비서를 통해 작품을 발표하기 시작했다. 이전까지는 돋보기와 네 개의 독서등을 활용해서 책을 읽거나 쓸 수는 있었으나 쉰한 번째 생일을 지나면서 앞을 완전히 볼 수 없게 됐다―18세기 아랍의 천문학자인 압둘 아심이 남십자성 부근을 지나는 혜성을 발견하고 그걸 자신의 일기장에 기록한 직후에 흔적도 없이 사라졌을 때의 나이가 쉰한 살이었다는 사실은 나중에 기억해냈다—. 이미 읽고 기억하는 책만으로도 그는 국립도서관장 역할을 충실히 수행할 수 있었지만 세간의 오해를 피하기 위해 사직 의사를 밝혔다가, 이미 아르헨티나에는 호세 마르몰이나 폴 그루삭과 같은 맹인 작가를 국립도서관장으로 임명한 역사가 존재한다는 이유로 거절당했다. 그래서 그는 자신의 눈을 대신해 읽고 써줄 사람이 필요했다. 처음엔 주로 도서관이나 동네 서점에서 자주 만나는 청년들에게 부탁하고 사례했다. 물론 그들의 부모에게 승낙받는 과정을 빠뜨리지 않았다. 굳이 청년들을 선택한 이유는 독서 편력이 미천한 만큼 편견 없이 읽고 쓸 수 있다고 생각했기 때문이다. 그리고 그의 예상은 대체로 적중했다. 자신이 읽고 쓴 책의 내용을 거의 이해하지 못한 청년들의 끊임없는 질문에 대답하면서 노작가는 영감과 열정을 충전했다. 하지만 서너 페이지 분량의 작품 속에다 중국의 만리장성보다 훨씬 긴 서사를 채우고 그걸 은유적으로 해체하는 작업을 그들에게 맡기는 건 고통 그 자체였다. 그들은 노작가가 불러주는 이야기를 적확한 단어와 어순으로 백지

위에 옮기지 못하는 데다가 자신의 실수를 전혀 부끄러워하거나 고치려 하지 않았다. 그러고는 머리와 꼬리를 구분할 수 없는 우로보로스의 등에 안장도 없이 올라타서 멀미를 호소하고 비명을 질러댔다. 유명 출판사 두어 곳이 노련한 편집자들을 노작가의 집으로 보내어 원고 작업을 도왔으나, 그들은 새로운 작품이 이전 작품과 얼마나 유사하고 어떻게 모순되는지 가감 없이 지적하다가 쫓겨났다. 노작가는 적격자를 찾을 수 없다면 자신이 직접 양성해야겠다고 다짐하고 이전보다 훨씬 자주 강연회나 독서 모임에 참석했으며 그때마다 참석자들의 명단을 면밀히 확인했다. 마침내 비범한 능력을 지닌 마야 원주민 혈통의 열여섯 살 소녀를 찾아냈고, 그 뒤로 삼십오 년 동안 비서 역할을 맡겼다가 노작가의 두 번째 결혼식 전날 해고했다. 첫 번째 아내와 이혼한 진짜 이유가 여비서와의 불륜 때문이라는 소문도 잠시 나돌았으나—악마의 명령을 받은 소녀가 노작가의 명성을 훔치기 위해 그를 유혹했다는 주장은 노작가의 열성 팬들에게조차 역겹게 들렸다— 화려한 배경을 지닌 두 번째 아내의 등장과 함께 노작가 주변을 맴돌던 불순한 유령들은 모조리 살해됐다.

불우한 가정환경 속에서 외롭게 사춘기를 보내던 열네 살의 소녀에게 노작가의 작품들은 위대한 스승이자 도달하고 싶은 미래였다. 양부모의 학대를 견디다 못한 그녀는 맨몸으로 가출해서 도시로 나왔다. 그녀는 국립도서관 입구에서 온종일 기다린 끝에 그 작가를 만났다. 도서관을 드나드는 유일한 맹인이었으므로 몰라볼 순 없었다—훗날 그녀는 그 만남을 떠올리며, 마치 오래된 책들이 가득 꽂혀 있는 책꽂이가 하나가 천천히 걸어와 자신을 통과해 간 듯한 전율을 느꼈다고 회상했다—. 그녀는 자신이 읽은 작품들에 대해 아는 체하면서 그를 위해 자신이 할 수 있는 일들을 열심히 설명했다. 하지만 노작가는 갈급한 목소리가 들려오는 쪽을 향해 조용히 웃을 뿐 아무 말도 하지 않았는데, 그는 자신의 어깨에 손을 얹은 자들의 이야기 이외에는 모두 환청으로 간주하는 것 같았다. 그래도 소녀는 노작가의 냉대에 낙심하지 않고 그와 가까워질 기회를 기다렸다. 국립도서관 주변의 서점에 점원으로 취직한 그녀는 노작가가 책을 읽어줄 청년을 찾고 있다는 소식을 듣자마자 그의 집으로 달려갔으나, 자신의 방문을 승낙해줄 부모가 없다는 이유로 퇴짜맞았다—당시 아르헨티나의 저명한 대주교가 아동 성추행 혐의로 검찰 조사를 받고 있었기 때문에 노작가도 구설수를 조심해야 했다—. 소녀는 전략을 바꿔 자신의 존재를 외부에 적극적으로 알렸다. 노작가와 친분이 깊은 작가들의 강연회나 출판기념회를 빠짐없이 찾아다니며 자신이 읽은 책들이나 직접 쓴 글들에 관해 이야기했다. 초등학교에 다니지 않고 혼자서 글을 깨쳤기 때문에 그녀의 문장과 맞춤법은 형편없었지만, 한 번 보고 들은 것을 몇 번이고 정확하게 재현할 수 있는 능력은 상대방을 감탄시켰다. 또래의 소녀들보다 훨씬 큰 키와 성숙한 외모 또한 대주교가 일으킨 공포를 잊도록 만들었다. 마침내 노작가의 귀에도 그녀에 대한 소문이 들어갔고 소녀가 전혀 눈치채지 못할 정도로 세심한 검증 작업을 거친 뒤—그녀가 근무하고 있던 서점의 청소원과 그녀의 하숙집 근처에서 식료품 가게를 운영하는 노파의 증언이 결정적이었다— 노작가는 자신의 강연회에 참석한 그녀에게 비서 업무를 제안했다. 다음 날 즉시 그녀는 서점 일을 그만두고 노작가의 집으로 오후에 출근해서 그의 어머니와 산책하고 집안일을 돕다가, 오후 다섯 시쯤 퇴근한 노작가에게 책을 읽어주거나 그의 이야기를 받아 적기 시작했다.

그녀 역시 노작가의 문학 세계를 한꺼번에 받아들일 수 없어서 크고 작은 실수를 수없이 반복했지만, 자신의 실수를 솔직하게 인정하고 변증법적 질문을 통해 그걸 고치려고 부단히 애썼다. 그녀의 비상한 기억력도 큰 도움이 됐다. 노작가는 그녀가 열여덟 살이 될 때까진 공식적인 자리에 데리고 다니지 않았으나, 국립도서관장직에서 해고된 뒤로 생계를 위해 어쩔 수 없이 강연회를 찾아다니게 되자 모두의 앞에서 그녀를 자신의 눈과 손으로 활용했다. 일곱 살에 이미 영어 소설을 스페인어로 번역할 만큼 언어 능력이 뛰어난 노작가의 비서답게 그녀 역시 노작가와 첫 번째 세계 여행을 다녀온 지 이 년여 만에 통역사까지 대체했다. 노작가가 오 년여의 침묵을 깨고 발표한 열 페이지 분량의 작품은 그가 처해 있는 비극의 어둠에 가려 독자들의 주목을 받지 못했지만, 그의 작품을 오랫동안 연구해온 자들은 그의 문학사적 이력에서 거대한 약진이 일어났다고 호평했다. 출판기념회에서 그는 자신이 한 문장을 구술할 때마다 비서가 열 가지 질문을 쏟아내는 바람에 퇴고 기간이 예상보다 열 배나 길어졌다고 즐겁게 고백했다. 첫 작품을 발표한 지 오십여 년 만에 처음으로 마야의 전설을 다룬 배경에는 당연히 원주민 출신의 비서가 있었다. 스물다섯 살이 될 무렵부터 그녀는 노작가의 강연 일정과 출판 계약을 직접 관리하기 시작했는데, 자신과 미리 상의하지 않은 채 결정된 사항이 지인들 사이에서 구설수를 일으킬 때마다 노작가는 비서를 두둔했을 뿐만 아니라 인종차별주의자와는 과감히 절교하겠다고 위협했다. 노작가의 어머니는 아들과 비서 사이의 에로스적 분위기를 자주 감지했으나 그들의 결혼을 승낙할 생각은 추호도 없었다. 왜냐하면 유럽 출신의 이민자라는 자부심이 후세에 전달되지 못하는 상황을 걱정했기 때문이다. 그래서 그녀는 자신의 단골 양장점의 여종업원이 이탈리아 혈통이라는 사실을 아들에게 자주 들려줬던 것이다.

첫 번째 결혼에서 실패한 노작가는 십칠 년 동안 혼자 살았다. 아니, 그건 절반만의 진실이다. 그는 결혼하지 않았을 뿐 아내보다 더 헌신적인 비서의 보호 속에서 은둔 생활을 이어갔다. 맹인이 은둔했다는 사실이 우습게 생각될 때도 있었다. 삼 년쯤 지나 공황장애 증상은 거의 사라졌으나 유럽의 도박사들이 매년 가을 그의 이름에다 판돈을 거는 한 언제라도 재발할 수 있었기 때문에 그는 극도로 몸을 삼갔다. 호사가들은 노작가가 오래전부터 더러운 유리창을 통해 세상을 들여다보고 있기 때문에 더 이상 위대한 작품을 쓸 수 없게 됐다고 수군댔다. 그의 어머니 기일에 맞춰 무덤 주변에 잠복하고 있던 신문기자는 백합을 들고 나타난 비서에게 달려들어 무례한 질문을 던졌다가 카메라를 빼앗겼다. 그 사건이 발생한 지 일주일 뒤에 비서는 신문사로 소포를 보내왔다. 그 안에는 필름을 제거한 카메라와 초원을 산책하고 있는 노작가의 뒷모습이 담긴 사진 한 장이 들어 있었는데, 은신 장소를 추정할 만한 단서를 찾을 순 없었다. 이 촌극이 알려진 뒤로 비서에 대한 세간의 거부감은 더욱 거세졌다. 수모를 앙갚음하려고 신문기자는 명확한 근거도 없이 소문과 억측만을 뒤섞어, 노작가는 최소한 세 편의 신작을 완성했으나 잔혹한 독재자와 다름없는 비서의 감시와 통제 때문에 발표하지 못하고 있다고 주장했다. 노작가와 비서의 침묵에 신문기자는 득의양양했고, 노작가의 노벨 문학상 추천위원들까지 비서의 무능함과 오만함이 노작가에게서 노벨 문학상의 명예를 빼앗고 있다고 비난했다. 큰돈을 손해 본 유럽의 도박사들은 노작가의 죽음을 비서가 은폐하고 있다고 분개했다. 노작가를 추모하는 글과 사진이 소셜 미디어를 통해 퍼지면서 세계 곳곳의 유수 출판사들은 노작가의 동의 없이 그의 유고집을 무단으로 출간해서 막대한 이익을 챙겼다―훗날 법정에 소환된 그들은 이미 죽은 작가에게는 노벨 문학상을 수여하지 않는다는 스웨덴 한림원의 원칙을 상기시키면서, 익명의 위원들로부터 노작가가 은둔 직후 숨진 것 같다는 이야기를 전해 들었기 때문에 저작권 침해를 걱정하지 않았다고 변명했다. 하지만 저작권은 창작자의 사망 후 오십 년 동안 유족들에게 귀속된다는 국제법 조항은 애써 모른 척했다―. 더 이상의 혼란을 참을 수 없었던 비서가 마침내 다섯 개의 언어로 번역된 고소장을 열세 국가 칠십여 개의 출판사에 보내면서 다시 언론의 중심에 등장했다. 그녀는 카메라 앞에 등을 보인 채 텔레비전 뉴스를 지켜보던 노작가가 레판토 해전에서 왼손을 잃고 터키 해적에게 붙잡혀 오 년 동안 노예로 살아야 했던 세르반테스의 이야기를 자신에게 들려주는 영상을 공개함으로써 그의 생사에 대한 세간의 의심을 불식했다. 그리고 고소장의 목적이 불법 출판을 중단시키는 게 아니라 부당하게 빼앗긴 이익을 돌려받는 것이라고 분명히 밝혔다. 독자들은 노작가에게 전혀 어울리지 않는 복수 방식에 분노하며 비서를 다시 비난했지만, 그녀는 조금도 물러서지 않았다. 열세 개 국가에서 법적 소송이 진행되는 사이에 노작가는 여든일곱 살이 됐고 비서 역시 오십 대에 들어섰다. 기어이 받아낸 배상금은 노작가의 뜻에 따라 원주민 공동체와 보육원에 보내졌다. 노작가의 명성이 회복되자 유럽의 도박사들은 그의 이름에 다시 판돈을 걸기 시작했고, 아르헨티나 대통령이 직접 스웨덴까지 날아가 한림원 회원들에게 노작가의 친필이 담긴 책을 전달했으며, 독자들은 성당으로 몰려가 피노체트의 저주가 풀리길 기도했다. 어느 때보다 수상 확률이 높다는 소문이 휘몰아치고 있을 무렵 노작가의 두 번째 결혼 소식이 들려왔다. 자신의 비서를 두 번째 아내로 맞이할 것으로 확신했던 독자들은, 결혼사진 속의 신부가 금발에 백색 피부를 지녔다는 사실을 확인하고 또다시 놀랐다. 노작가는 하객들 앞에서 절필과 은둔을 멈추겠다고 선언하면서, 만년 노벨 문학상 후보라는 명예를 유지하기엔 자신이 너무 늙었으므로 그걸 두 명의 후배 작가들에게—최근 극우적 언행으로 악명을 높인 그들과의 친분이 노작가에게 또다시 저주를 내릴 것 같아서 신문기자들은 비밀 합의에 따라 그들의 이름을 신문에 옮기지 않았다— 양도하겠다고 덧붙였다. 그리고 일주일 뒤 그의 신작이 십칠 년 만에 멘도사의 작은 출판사에서 출간됐다. 하지만 노작가는 출판기념회에 참석하지 않았고 삼 개월 뒤 병원에서 전립선암으로 사망했다. 그는 어머니 옆에 나란히 묻혔다.

노작가의 죽음 뒤에도 신작에 대한 비난이 수그러들지 않자, 차기 검찰청장 후보로 거론되고 있는 중앙 지검장의 외동딸이자 노작가의 두 번째 아내는 노작가가 출판 계약서에 서명하는 사진을 공개하면서 익명적 범죄를 더 이상 묵과하지 않겠다고 경고했다. 하지만 쉰한 살에 시력을 완전히 잃은 뒤로 노작가는 자신의 권리가 규정된 서류에 항상 지장指掌을 찍는다는 사실이 알려지면서 그녀는 궁지에 몰렸다. 때를 놓치지 않고 노작가의 전직 비서가 기자회견을 자청하더니, 신작은 이전에 발표된 작품들을 대충 짜깁기한 것에 불과하다면서 자신이 보관하고 있던 노작가의 육성 녹음 파일을 공개했다. 그러면서 노작가의 아내가 남편의 이름을 내건 출판사와 서점을 열기 위해 은행에서 거액을 빌렸으나 동업자에게 사기를 당해 큰 빚을 졌고 그걸 갚기 위해 노작가의 원고와 소장품 일부를 모두 경매에 내놓을 계획이라고 폭로했다. 아르헨티나가 인류의 미래를 위해 이룩한 가장 큰 성과가 분별없는 여자의 허영심 때문에 파손될 위험에 처했다고 한탄하면서 노작가의 신작이 더 이상 유통될 수 없도록 힘과 지혜를 모아달라고 독자들에게 읍소했다. 비서의 눈물에 감응한 독자들이 총구를 반대로 돌려 노작가의 아내를 겨누자 그녀의 아버지는 공권력을 사적 용도로 사용하지 않을 수 없었다. 유언비어를 퍼뜨리는 불순 세력을 소탕하겠다는 명분으로 검찰은 노작가의 신작을 혹독하게 비판하던 독자들을 붙잡아 조사했고 이에 반대하는 자들의 시위를 강제 진압했다. 빗나간 자식 사랑을 보다 못한 대통령은 문화부 장관에게 노작가의 근황을 직접 파악하도록 지시했다. 노작가의 아내가 완강히 거부하는 바람에 그들이 만나 대화하는 장면은 사진으로 남지 않았지만, 장관은 노작가가 아내의 헌신과 사랑 속에서 매일 산책과 독서를 즐길 수 있을 만큼 건강하게 지내고—노작가가 전립선암으로 투병하고 있다는 사실은 일부러 감췄다— 있다는 사실을 기자들에게 확인해주었다. 그리고 이틀 뒤 노작가의 두 번째 아내가 텔레비전 뉴스에 처음으로 모습을 드러냈다. 노작가는 인터뷰에 직접 참여하는 대신 음성 파일을 보내왔는데, 자신은 사랑의 어리석은 결말을 기쁘게 받아들일 것이며 그것은 아우렐리우스가 이집트 노예 소년에게 느꼈던 연민이나 진시황이 자신의 애첩들을 불구덩이 속으로 떠밀 때의 격정과 별반 다르지 않다고 설명했다. 자신의 불완전한 인생과 작품들은 아내를 통해 마무리될 것이니 자신에게 과분한 사랑을 베풀었던 아량으로 자신의 아내까지 존중해달라고 호소했다. 노작가의 음성이 흘러나오는 내내 고개를 숙인 채 조용히 흐느끼고 있던 그의 아내는 남편의 목소리가 멈추자, 카메라를 향해 붉은 눈을 치켜뜨고 십여 초쯤 표독스럽게 째려보더니 자리에서 일어났다. 그녀가 방송에서는 대답하지 않았지만, 독자들이 오래전부터 궁금해하던 세 가지 사실을 다음 날 연예 잡지와의 인터뷰 자리에서 소상히 밝혔다. 첫 번째, 일 년 전부터 노작가는 치매를 앓고 있어서 자신이 구술한 내용을 제대로 기억하지 못했다. 그러다 보니 신작의 내용은 엉성할 수밖에 없었는데, 자신의 원고가 잘못 편집되거나 임의로 수정됐다는 사실을 알게 된 즉시 계약 파기와 전량 회수를 요구했던 작가의 성향을 존중해 그가 첫 번째 구술한 내용을 그대로 출판할 수밖에 없었다. 두 번째, 노작가는 자신의 문학과 인생을 훌륭하게 마무리하는 방법이라면 그걸 완전히 파괴하는 것밖에 없다고 굳게 믿었기 때문에 최악의 작품을 유작으로 남기고 싶었을 수도 있었다—괴이하게 해석한 티베트 불교의 교리로 남미 지역에서 신도를 크게 늘려가고 있는 이단 종파에 포섭된 아내가 노작가의 영혼까지 오염시켰다는 비난은 나중에 찾아왔다—. 세 번째, 전직 비서가 삼십여 년 동안 노작가의 집을 드나들면서 훔쳐간 귀중품 중에는 노작가가 아직 세상에 발표하지 않은 원고의 녹음 파일도 포함됐는데, 그것들을 자신의 집에 숨겨두고 노작가의 사후에 발표해서 큰돈을 벌려 했다고 폭로했다. 비서의 설명과는 달리 자신의 신작 몇 편이 세상에 발표되지 않았다는 사실을 동료 작가들을 통해 확인한 노작가는 비서의 배은망덕을 단죄하기 위해 자신의 아버지에게 연락해 왔고, 아버지의 요청에 따라 그의 식사와 산책을 돕다가 치명적 사랑에 빠져들었다고 고백했다. 노작가는 결혼식 전날 비서를 해고하는 것으로 처벌을 마무리했다. 이상의 인터뷰 내용은 큰 파장을 몰고 왔다. 백색 피부에 금발, 미모와 언변, 그리고 학벌과 가문의 후광까지 갖춘 그녀는 아르헨티나가 인류의 미래를 위해 이룩한 가장 큰 성과를 보호하기 위해 천상에서 파견된 천사로까지 급부상했다. 노작가의 안부를 걱정하는 편지들이 전 세계에서 답지했고 신작은 불티나게 팔렸다. 노작가의 정치적 성향을 의심하고 있던 베네수엘라 정부는 스웨덴 한림원이 최소한 십여 년 동안 반복하고 있는 실수를 멈추게 하려고 그를 로물로 가예고스상 수상자로 호명했다. 무장한 군대를 동원해서라도 비서가 훔쳐 간 원고를 되찾아 와야 한다는 여론이 들끓었는데도 정작 비서는 침묵했다.

노작가의 두 번째 아내는 원래 국립도서관의 말단 사서였으나 노작가가 군사 쿠데타로 집권한 대통령의 압력에 못 이겨 관장직을 사임했을 때—중무장한 채 도서관으로 찾아온 군인은 위압적인 목소리로 맹인이 도서관에서 할 수 있는 일을 물었고, 노작가는 예민한 손가락으로 장서들을 더듬어 훼손된 책들을 골라내 수리하거나 사직서를 작성하는 일 정도는 할 수 있다고 대답했다— 중앙 지검장인 아버지에게 부탁해 노작가의 신변을 보호해준 인연으로 결혼까지 하게 됐다. 결혼식장은 언론에 공개되지 않았지만, 권력자의 눈 밖에 나고 싶지 않은 하객들로 신부 측 객석은 가득 찼다. 노작가는 두 명의 살아 있는 친구들과 수만 명의 죽은 작가들에게서 축하받았다―노작가의 첫 번째 아내는 장미 화환을 보내왔다―. 신혼집은 바다가 내려다보이는 라 보카의 아파트에 마련됐는데, 그곳에서 시작된 탱고를 노작가가 무척 싫어한다는 사실은 전혀 고려되지 않았다. 자신의 형제와도 같은 고서들은 옛집에 그대로 놔둔 채 옷가지 몇 벌만 들고 신혼집으로 건너온 노작가는 매일 거의 같은 시간에 시작되는 탱고 음악을 들으면서 두 번째 아내를 따라 마을을 산책하고 노천카페에서 커피를 마셨는데, 집을 나서기 전에 한 시간 남짓 발코니의 의자에 앉아서 아내가 외출 준비를 마칠 때까지 기다려야 했다. 아내는 무릎이 드러나는 주름치마에 하이힐을 신은 채 눈먼 남편을 부축해 걸으면서 주변의 시선을 세심하게 살폈다. 무례하게 사진기를 들이대는 자들 때문에 남편이 놀라 넘어질 뻔했는데도 그녀는 싫은 내색하지 않고 상황을 매끄럽게 정리했다. 금세 그녀는 남편보다 더 유명해졌고 관광지 소개 책자에까지 등장하자 그녀는 더 많은 옷을 사들여서 더 오랫동안 거울 앞을 서성거렸다. 나중에 그녀는 남편을 대동하지 않은 채 혼자 산책하다가 관광객의 사진기 앞에 서기도 했다.

그녀의 뛰어난 미모와 화려한 옷차림이 눈에 거슬린 자들은 그녀가 늙은 남편의 명예를 마치 유구한 전통의 액세서리처럼 여기고 있는 것 같다고 수군거렸다. 반면에 그녀의 헌신과 인내, 그리고 용기를 칭송하는 자들은 그녀를 비난하는 행위는 노작가에게 죽음에 가까운 부자유와 침묵을 강요하는 폭력이라고 주장했다. 죽음을 목전에 둔 노작가가 굳이 젊은 여자와 두 번째 결혼을 감행한 의도를 의심하는 자들도 적지 않았다. 비록 만년 노벨 문학상 후보로서의 명예를 포기하겠다고 선언하긴 했어도 미련은 여전히 남아 있었기 때문에 자신의 정치적 성향에 대한 오해를 서둘러 풀고 싶었다. 국가의 전폭적 지원 없이는 노벨상 수상이 불가능하다는 조언도 허투루 들을 수 없었다. 오래전에 죽은 책들을 뒤적이는 데 여생을 쏟고 있지 않다는 사실도 알려야 했다. 그래서 그는 권력자의 딸이자 쉰네 살 터울의 처녀를 두 번째 아내로 맞이함으로써 갱생과 불멸의 메시지를 보내려 했는지도 몰랐다. 그에게 중요한 건 스웨덴 한림원이 올해의 수상자들을 발표하는 시월까지 살아남는 것일 뿐, 그가 발표한 신작의 교졸 따위 아무래도 상관없었다. 왜냐하면 그의 대표작은 이미 십여 년 전에 전 세계 평론가들과 독자들에 의해 결정돼 있기 때문이다. 게다가 아르헨티나의 대주교가 어린이들에게 저지른 죄악이 만천하에 공개된 뒤로 노작가 역시 삼십여 년 전 자신의 집을 드나든 청년들이 그의 비윤리적 언행을 뒤늦게 기억해 내고 송사를 벌이지 않을까 노심초사하고 있었다. 그래서 그는 자신의 무덤 앞에 케르베로스를 세워놓아야 작품과 명성을 온전히 지켜낼 수 있겠다는 강박관념에 시달렸다. 하지만 노작가에게서 끊임없이 모욕당해 왔던 신은 복수를 결심하고 구월 초 전립선암으로 그를 쓰러뜨렸다. 스웨덴 한림원은 그해 수상자를 발표하기에 앞서 노작가와 유족, 그리고 아르헨티나 국민에게 조의를 표명했다. 그렇다고 사과까지 한 건 아니었다.

노작가가 죽자, 신작에서 유작으로 바뀐 작품을 두고 그의 두 번째 아내와 전직 비서가 다시 격돌했다. 그런데 재미있는 사실은 노작가의 죽음 이후로 그녀들의 입장이 서로 뒤바뀌었다는 것이다. 두 번째 아내는 노작가가 신작의 출간을 반대했다고 폭로했다. 출간 전날 집으로 찾아온 출판사 대표와 한 시간가량 독대한 뒤로 그는 밤늦게까지 헛소리를 내지르며 집 안을 돌아다녔는데, 출간을 거부할 수 없을 만큼 잔혹한 협박을 받은 게 틀림없었다. 하지만 노작가는 죽는 순간까지 비밀을 발설하지는 않았다. 두 번째 아내는 노작가가 남긴 책과 원고들을 정리하다가 그가 자신의 신작 안쪽에 휘갈겨 쓴 "멘도사에서 오십 년 넘게 푸줏간을 운영하던 맹인 다니엘은 어느 날 저녁 가족이 보는 앞에서 식칼로 할복하고 배 안에서 책 한 권을 꺼냈는데 놀랍게도 1877년 3월 14일 사망한 오타멘디의 일기였다"라는 문장을 발견했다. 오타멘디는 자신이 쓰지 않은 책의 불경함을 추궁받다가 부에노스아이레스 한복판에서 공개 화형당한 프란체스코회 신부였다. 연옥에 갇힌 남편의 비명을 들었다고 확신한 그녀는 아버지의 도움을 받아 노작가가 영원한 죽음으로 덮으려 했던 비밀을 밝혀냈다. 출판사 대표는 삼십 년여 전에 노작가의 집을 드나들며 책을 읽어주던 소녀 중 한 명이었고, 이후 갖가지 불운을 거치면서 더욱 사악해진 그녀는 노작가가 자신에게 저지른 범죄를 만천하에 고발하겠다고 협박해서 미완성의 원고를 빼앗은 뒤 자신의 출판사에서 독점 출간했다. 그런데 그 정도의 복수로는 만족할 수 없었는지 그 원고를 자신이 직접 고치거나 잘라냈고, 이전에 자신의 출판사에서 출간했던 해적판에서 발췌하고 짜깁기한 문장들까지 끼워 넣었다. 신작이 출간된 직후 전직 비서가 기자회견을 열고 그 책이 가짜임을 주장했을 때, 모두의 예상을 깨고 두 번째 아내가 출판사를 변호했던 까닭은—그땐 그 책에 숨어 있는 비밀을 제대로 알지 못했다— 자신 역시 남편이 노벨 문학상을 수상하길 간절하게 희망했기 때문이라고 고백했다. 노작가가 죽기 이 주일 전 그녀는 아버지를 통해 스웨덴 한림원이 위중한 작가 중에서 명예로운 조치가 시급한 자의 명단을 만들고 있다는 이야기를 듣고 잠시 고무됐으나, 남미 대륙에만 최소한 여섯 명의 경쟁자가 있다는 사실을 깨닫고 불길한 예감에 사로잡혔다고 고백했다. 하지만 전직 비서는 미망인의 증언을 즉각 반박했다. 그녀는 일전의 기자회견장에서 자신이 공개한 녹음 파일은 가짜이며 망자의 명예를 훼손한 죗값을 반드시 치르겠다고 약속했다. 그러면서 노작가의 신작이 진본이라는 사실을 증명하기 위해 그가 생전에 발표한 적이 없는 원고를 공개했다—만약 노작가의 두 번째 아내가 비서를 해고하지 않았다면 문학적 성과가 훨씬 뛰어난 유작이 출간될 수 있었다—. 거기에는 신작을 준비하고 있는 노작가의 심경과 함께 오타멘디에 관한 정보가 기록돼 있었다. 1877년 3월 14일 아르헨티나의 독재자 로사스와 같은 날 사망한 오타멘디는 바릴로체 지방에서 살고 있던 가우초이자 아마추어 탐정인데, 발신자 불명의 편지를 받은 자들이 연쇄적으로 자살하는 사건을 해결하면서 유명해졌다. 무력으로 정권을 잡은 뒤로 매일 밤 권총을 장전한 채 잠자리에 드는 독재자는 오타멘디를 대통령궁으로 불러들여 혹시 자신에게 찾아올지 모를 편지에 대비했다. 오타멘디는 독재자의 신임을 받게 됐으나—그는 독재자가 도난당했던 귀중품을 찾아내기도 했다— 향수병 때문에 고통받았고, 이를 조금이나마 해결할 목적으로 일기를 쓰기 시작했다. 그로부터 한 달쯤 지났을 때 독재자는 자신의 식탁 위에 놓인 책 한 권을 무심코 엿봤다가 비명횡사했다. 내란죄가 적용된 오타멘디는 체포된 지 한 시간 만에 교수형에 처해졌다. 노작가는 아르헨티나 역사에 끊임없이 등장하고 있는 독재자들을 조롱하기 위해 자신의 신작 표지에 오타멘디의 일기를 언급한 것이라고 전직 비서는 주장했다. 그러면서 노벨 문학상은 작가가 아닌 작품에 주어져야 하며, 그 작가의 직계 가족이 살아 있는 한 망자를 호명하더라도 노벨상의 권위가 훼손되는 일은 절대로 일어나지 않을 것이라고 호소했다. 아무튼 노작가를 가까운 곳에서 돌본 두 여자는 서로 다른 방법으로 노작가의 명예를 지켜내려고 경쟁했으니, 전자는 치매를 앓고 있는 노작가의 실수를 인정하는 전략으로, 후자는 그것을 부정하는 방식을 고집했다. 하지만 정작 신작—유수 출판사들이 전직 비서가 공개한 미발표 원고를 확보하기 위해 치열한 로비를 벌이고 있었다—에 대한 비밀을 정확히 알고 있는 출판사 대표는 논란에 뛰어들지 않은 채, 매일 아침 멘도사의 서점 앞에 줄을 선 열 명의 독자만큼은 실망시키지 않으려고 노력했다.

스웨덴 한림원이 미국 출신의 포크송 가수를 올해의 노벨 문학상 수상자로 호명한 뒤 사흘쯤 지났을 때, 노작가의 신간을 출간한 출판사 대표가 마침내 언론에 모습을 드러내고 자신과 관련된 의혹을 하나씩 반박했다. 자신이 열네 살부터 열일곱 살 때까지 일주일에 한 번씩 노작가의 집에 들러 책을 읽어준 건 사실이지만 대상은 노작가가 아니라 그의 어머니였고, 책이라고 해봤자 성서나 잡지가 전부였다고 말했다. 노작가의 어머니는 늙고 눈먼 아들의 미래를 너무 걱정한 나머지 그와 함께 집에 머무를 때는 단 한시도 잔소리를 멈추지 않았기 때문에 노작가는 자신의 독서와 창작을 방해받지 않기 위해 부득이 어머니가 잠들 때까지 벽처럼 그녀 옆에 머물러줄 자가 필요했던 것이다. 노작가에게 책을 읽어주거나 그의 이야기를 받아 적는 역할은 모조리 비서가 담당했다. 소녀는 노작가의 어머니에겐 일말의 관심도 없었기 때문에 불만이 점점 쌓여갔다. 이를 감지한 노작가는 이따금 그녀를 자신 앞에 앉혀 두고 짧지만 흥미로운 이야기를 들려주었고, 그녀는 그걸 기억하거나 수첩에 옮겨 적으면서 작가의 꿈을 이어갔다. 노작가의 어머니가 돌아가시자 소녀는 해고됐다. 부당한 대우에 법적 대응을 진지하게 고민했지만, 매년 시월마다 스웨덴 한림원의 발표를 기다리는 것이 아르헨티나 국민의 스포츠가 된 마당에 노작가의 명예를 조금이나마 실추시키는 행동은 용서받지 못할 것 같아 끝내 복수를 포기했다. 그녀는 유럽으로 유학을 떠나면서 자연스레 노작가와의 연락을 끊었다. 대학을 졸업하고 프랑스 남자와 결혼까지 했으나 불운이 겹치면서 그녀는 이십여 년 만에 홀로 아르헨티나로 귀국했고, 이런저런 직업들을 전전하다가 큰 빚을 지고 가사假死 상태로 내몰렸다. 그때 자신보다 더 불행한 현실을 견디고 있을 노작가와 그의 놀라운 이야기가 갑자기 떠올랐다. 부모의 집에서 수첩을 찾아낸 그녀는 노작가를 찾아갔다. 여든다섯 살이 넘었는데도 노작가는 그녀의 정체뿐만 아니라 자신에게 들려준 이야기까지 정확하게 기억하고 있었다. 그리고 그 이야기는 자신의 선물이었기 때문에 소유권은 삼십 년 전에 이미 그녀에게 양도했다고 말했다—그녀는 노작가가 치매를 앓고 있고, 치매를 앓고 있는 자가 한 약속은 법적 효력이 없다는 사실을 전혀 알지 못했다—. 그래서 그녀는 그 자리에서 출간을 약속했고 집으로 돌아오는 길에 관공서에 들러 출판사 상호를 등록했던 것이다. 다만 뒤늦게라도 계약서를 작성하지 못했던 까닭은 노작가의 비서가 그 원고의 존재를 부정하고 출간을 강력하게 반대했기 때문이었다. 비서의 완강함 앞에 노작가도 어찌할 수 없었다. 하지만 노작가가 비서를 해고하고 두 번째 아내와 결혼하면서 상황이 급격히 바뀌었다. 노작가의 유일한 법적 대리인으로 자처한 아내는 이미 외국의 유명 출판사 서너 곳과 노작가의 스무 권 분량의 전집을 출간하는 계획을 논의하고 있었기 때문에 신생 출판사가 준비 중인 백 페이지짜리 소품에는 크게 관심 없었다. 설마 그것이 노작가의 유작이 되리라고는 미처 상상하지 못한 게 분명했다. 그래서 비상식적인 수준의 계약금이나 인세를 요구하지는 않았으나, 노작가가 노벨 문학상을 수상할 경우 국내에서의 축하연 비용과 스웨덴 현지의 체류비 전액을 부담한다는 조건을 제시했다. 출판사 대표는 대리인의 마음이 변하기 전에 계약을 급히 완료했는데, 그 작품이 삼십 년 전에 완성된 것인 만큼 노작가의 문학 세계를 연구하는 자에겐 크게 환영받을 것이고, 이웃 나라 독재자에게 헌사했던 그의 이십 년 전 실수를 스웨덴 한림원이 조만간 용서해줄 것이라고 확신했기 때문에, 출판사 사장은 아내의 제안을 흔쾌히 수락했다. 하지만 노작가의 노벨상 실패와 곧 이은 죽음이 마치 자신이 공들여 출간한 신작의 저주에서 비롯된 것처럼 자신을 비난하는 미망인과 평론가들의 작태에 너무 화가 나고 원통해서 부득이 진실을 공개하게 됐다고 털어놓았다가, 그녀가 언론에 등장하기에 앞서 노작가의 전직 비서를 만났다는 사실이 알려지면서 유구무언의 곤경에 깊이 빠졌다.

그와 동시에 민족주의와 영웅주의에서 벗어나 노작가의 작품을 다시 읽고 미덕과 과오를 냉정하게 평가해야 한다는 목소리가 소장파 평론가들 사이에서 흘러나왔다. 세대와 국경을 넘나드는 작품들이 스웨덴 한림원을 감동시키지 못한 진짜 이유가 노작가의 정치적 성향 때문이 아니라 문학적 결함 때문일 수도 있다고 그들은 주장했다. 적어도 그가 시력을 완전히 잃고 비서에게 구술하는 방식으로 창작을 이어가면서부터 이야기의 구조가 단순해지고 진부한 문장들이 늘었다는 데 대체로 동의했다. 청년기의 노작가를 기억하는 자들은—그들은 노작가가 스무 살 이후로 청년이 아니었다고 회상했다— 그 원인으로 비서의 무능함을 지목했다. 노작가보다 더 많은 책을 읽었거나 더 뛰어난 기억력을 지녔거나, 그것도 아니라면 더 늙기라도 한 자가 비서를 맡지 않는 한 그의 구술을 정확히 이해하고 적확한 단어로 받아적을 수 없었을 것이라고 확신했다. 눈앞이 보이지 않는 상태에서—노작가는 자신이 갇혀 있는 세계가 노란색으로 가득 차 있다고 증언했다— 폭포처럼 쏟아낸 문장을 제대로 알아듣지 못하고 비서가 우매한 질문을 던지는 순간 영감은 끊기고 자신조차 해독할 수 없는 문장만 덩그러니 남았을 것이다. 게다가 노작가가 여덟 개 언어로 문장을 뒤섞을 때마다 비서는 기록을 멈춰야 했다. 원주민 고유의 억양 때문에 노작가 또한 비서가 복기시켜주는 문장을 알아듣지 못할 때도 많았다. 오죽 했으면 노작가는 식탁 위에 흰 종이를 펼쳐놓고 펜으로 아무 곳에나 괴발개발 문장을 휘갈겨 쓰는 방법까지 고안했을까. 하지만 날카로운 펜촉에 손등이 찔려 한 달간 파상풍 치료를 받은 뒤부터 노작가는 비서에게 한 문장을 서너 번씩 반복해서 말하고 비서가 옮겨 적은 것을 즉각 확인하는 방법으로 창작을 이어갔는데, 이 때문에 고작 서너 페이지의 작품을 완성하는 데 한 달 넘게 소요됐다. 강연 일정과 출판 계약서들을 챙기느라 자리를 자주 비우게 되자 비서는 노작가에게 녹음기 사용법을 알려주었고 닷새 동안 녹음한 파일을 주말에 차례대로 재생해서 옮겨 적었는데, 자신이 제대로 이해하지 못한 내용은 제멋대로 완성했고 원고와 녹음 파일과 대조하는 과정을 슬그머니 건너뛰면서 네 번의 검토 과정에서도 걸러지지 않은 오탈자는 책의 운명으로 수긍해야 한다고 노작가를 설득했다. 나이가 들어갈수록 더욱 비서에게 의지할 수밖에 없었던 노작가는 자신의 작품이 비서의 검열을 통과하면서 치명적 오류를 얻고 왜곡된다는 사실을 깨달았지만, 아무것도 제 의지대로 바꿀 수는 없었다. 그래서 그는 비록 두 다리가 이미 무덤 속에 빠져 있긴 했지만 자유인으로서의 권능을 유지하기 위해 비서 아닌 여자를 두 번째 아내로 받아들인 것이다. 그러니 비서의 간섭 없이 이번에 출간된 신작은 지난 삼십여 년 동안 비서의 검열을 받은 작품들과는 확연히 다를 수밖에 없고, 신작의 위대함을 칭찬하는 자들은 너무 오랫동안 가짜에 익숙해져서 더 이상 진짜를 알아볼 능력이 거세됐다고 호도했다. 노작가의 인생으로 열네 살의 비서가 처음 들어오기 이전의 작품들만을 세상에 남긴 채 나머지 것들은 모조리 불살라야 한다는 주장까지 등장했지만, 대부분의 평론가는 노작가가 일흔 살에 절필하기 직전에 급히 쏟아낸 네 권의 책들만큼은 그의 저서 목록에서 삭제해야 한다는 데 동의했다.

급기야 노작가의 노벨 문학상 추천위원회장을 역임한 작가는 그에 대한 거짓 신화가, 현학적 허영심에 불타는 젊은이 주변을 행성처럼 맴돌던 여자들에 의해 만들어졌다고 폭로했다. 눈이 먼 채로 돌아가신 아버지가 넉넉한 유산을 남긴 덕분에 평생 변변한 직업을 지니지 않고서도—노작가는 십이 년 동안 국립도서관장을 지냈지만, 행정적 업무는 모두 직원들이나 비서에게 맡긴 채 자신이 좋아하는 독서와 토론, 그리고 강연으로 업무

시간을 채웠기 때문에 정작 도서관장직을 직업으로 여기지 않았다. 게다가 거의 매일 새 책을 사고 그걸 밤새워 낭독해준 젊은이들에게 품삯을 지급하는 데 공무원의 박봉은 턱없이 부족했다— 여유롭게 살던 그에게 작가의 불멸성에 대해 가르쳐준 건 그의 어머니였다. 그녀는 유전적 명령에 따라 맹인으로 변신하게 될 아들이 혼자서 쓸쓸히 굶어 죽지 않으려면 세상 사람들의 관심을 끊임없이 받을 수 있어야 한다고 생각하고, 그에게 위대한 작품들을 독파하고 그걸 베껴 쓰도록 채근했다. 바이킹의 대서사시와 케베도의 시를 처음 알려준 이도 그녀였다. 하지만 아들의 창의력과 열정이 자신의 기대에 훨씬 못 미치자, 그녀는 아들의 이름을 빌려 작품을 발표하기에 이르렀다. 남편과 사별한 뒤로 사교 활동을 멈추고 온종일 집 안에 머물면서 매일 한 권 이상의 책을 독파했으나 전통적인 소설 작법을 배운 적이 없었으므로, 자신이 읽은 책들에서 발췌한 문장들을 짧게 이어 붙이고 주석을 매다는 창작법을 고안해냈는데 이는 두 차례의 세계 전쟁 이후 기존의 역사를 부정하고 새로운 미학을 갈망하는 시대사조와 절묘하게 어울렸다. 아들은 제 어머니의 이야기를 오랫동안 기억할 수는 있었으나 제대로 이해하지 못했기 때문에 모호하고 중의적인 표현을 반복할 수밖에 없었고 이 또한 독자들을 열광시켰다. 자유주의파 소속의 장군으로서 두 차례의 전쟁을 승리로 이끌었던 외할아버지의 카리스마와 배짱을 물려받은 것도 큰 도움이 됐다. 유명세를 감당하느라 독서나 창작 시간이 크게 줄어들었는데도 매년 높은 수준의 작품들을 꾸준히 발표할 수 있었던 비결을 그와 그의 어머니는 철저히 비밀에 부쳤다. 아들을 만나기 위해 매일 집으로 들이닥치는 손님들에게 어머니는 쿠키나 마테차를 건넬 뿐 문학에 대해서는 일체 아는 체하지 않았다. 나이가 들자 그녀는 비서를 채용해 아들의 손님을 대접하게 하고 자신은 안방에 머물며 성서나 잡지를 읽었으나, 비서마저 귀가하고 저택에 둘만 남겨질 때면 그녀는 아들의 서재로 찾아가 자신이 온종일 상상하고 다듬었던 이야기를 들려주었다. 다음 날 아침 아들은 비서 앞에서 그걸 읊조렸고, 비서는 치명적 실수를 피해 원고를 완성하는 데 너무 집중한 나머지 그 이야기의 진짜 작가에 대한 명백한 단서를 번번이 놓치고 말았다. 아들의 경솔함을 걱정해 어머니는 비서를 아들의 첫 번째 아내로 삼으려 했던 계획을 포기하고 죽을 때까지 그녀를 멀리했다. 영문을 알지 못하는 비서는 어쩔 수 없이 노작가의 어머니와 적당한 거리를 두고 생활할 수 있도록 가구의 위치를 바꾸었다. 그리고 창의력과 열정이 떨어진 노작가의 서재와 침실도 새로 꾸몄다. 신작을 완성하지 못하는 동안 비서는 지식재산권을 지켜내고 정당한 대가를 받아내는 일에 집중했다. 노작가는 어머니와 비서의 반목을 해결할 기회를 엿봤다. 하지만 어머니가 돌아가시자 노작가는 죄책감을 느끼고 비서에게 양해를 구한 뒤, 어머니가 자주 다니시던 양장점의 종업원을 첫 번째 아내로 받아들였다. 하지만 이 년 뒤 국립도서관장에서 해임되고 공황장애까지 앓게 되면서 노작가는 다시 비서에게 돌아왔다. 그 뒤로 십칠 년 동안 그들은 부부처럼 살았으나, 어느 날 문득 노작가는 비서가 자신의 어머니와 너무 많이 닮았다는 사실을 깨닫고— 자신의 작품이 비서의 혓바닥에 이미 새겨져 있다는 생각을 뱉거나 삼킬 수 없었다— 두 번째 결혼을 시도했다. 중앙 지검장인 장인의 위세는 비서의 접근을 막아내는 데 효과적이었다. 하지만 노작가를 대신해 출판 모임에 참석한 두 번째 아내가 샴페인에 너무 취한 나머지 노작가의 창작 비밀을 두어 사람에게 발설했고, 그걸 전해 들은 출판사 대표는 노작가의 아내를 협박해 유작 원고를 받아냈다. 자신의 실수를 자책하며 두문불출하는 노작가의 아내를 가볍게 여긴 전직 비서는 자신의 인맥을 총동원해 거짓 소문을 퍼뜨리면서 유작의 출판을 끝내 막아냈다. 노작가가 죽은 뒤로 미망인과 전직 비서는 화해했고, 미망인이 스위스로 이민을 가면서 전직 비서에게 노작가의 작품에 대한 일체의 권리를 아무 조건 없이 넘겼다. 여기까지 전해들은 독자들은 탐욕스런 장사꾼들의 속셈이 뻔한 마케팅에 불과하다고 비난했다. 진실로 받아들인 자들도 그악스러운 여자들이 노작가의 명성을 독차지하기 위해 투쟁했다는 쪽과 노작가가 힘없는 여자들을 학대하고 착취했다는 쪽으로 나뉘어 격렬하게 논쟁했다. 베네수엘라 정부는 외교적 결례를 무릅쓰고 망자에게 수여한 문학상을 취소했다. 아르헨티나의 젊은 작가들은 노작가에 관한 질문을 달가워하지 않았고, 노벨 문학상 발표를 기다리는 유럽의 도박사들도 마흔다섯 살 전후의 후보자에게만 집중해서 판돈을 걸었다. 전직 비서는 한 달에 한 번 노작가의 무덤을 찾아가 백합꽃을 바쳤는데, 유럽에서 백합의 꽃말은 순결과 부활이다.

장미

[니콜라이 바실리예비치 고골, 1809년 3월 20일~
1852년 2월 21일]

밤새 두통과 복통이 번갈아 잠을 흔들어댔다. 달걀 썩는 냄새가 목을 조여오자 기어이 방 안이 밝아진다. 꿈이 흘러가면서 남긴 무늬들은 대칭적이다. 묵직한 물소리로 욕조가 서서히 차오른다. 생수통 하나를 통째로 비운 다음 나는 해저 도시로 천천히 걸어 들어간다. 잠이 덜 깬 거울은 차렵이불 같은 성애를 뒤집어쓰고 숨는다. 몸에 기록된 방탕의 역사가 수면 위로 번진다. 손바닥으로 더듬어 룬문자를 읽어내다가 문득, 장미라고 불리는 그녀가 밤새 나를 떠났다는 사실을 깨닫고 너무 쓸쓸해져서 급히 욕실에서 뛰쳐나온다. 아직은 새벽이고 짧은 새우잠으로도 꿈의 내용은 얼마든지 바뀔 수 있다. 체념하고 수긍하는 시점부터 현실이 시작될 것이다. 진통제 한 알이 마력을 발휘한다면 그녀는 제자리로 슬그머니 되돌아와서 악몽에 관해 요란하게 떠들어댈 것이고 나는 건성으로 듣는 척하다가 출근하면 그만이다. 그래서 젖은 몸을 대충 닦아내고 벌거벗은 채로 침대 위에 눕는다. 잠에 적대적인 물건들을 가능한 한 멀리까지 치워놓는다. 차렵이불에 시침된 모시나비들은 날개가 모두 찢겼다. 눈을 지그시 감고 장미라고 불리는 그녀의 상냥함을 떠올린다. 그녀를 재우던 자장가도 조용히 읊조린다. 방 안은 다시 방탕에 어울릴 만큼 어두워진다. 침대 밖의 공간은 끈적이는 진흙과 수많은 구멍으로 뒤덮이고 정체불명의 생명체가 구멍마다 스멀스멀 기어 나온다. 거룻배를 전진시키기 위해 나는 두 팔을 뻗어 허우적거리지만, 시간은 점점 더 딱딱해진다. 결국 침대는 제 질량만큼의 속도로 천천히 싱크홀에 빠져든다.

과일 장수의 목소리가 확성기를 타고 집 안으로 밀려와 악몽의 다리를 잘라준 덕분에 나는 간신히 현실로 돌아왔다. 하지만 무한한 우주를 단숨에 탄생시켰던 통증은 생사의 징후를 모조리 멈춰 없앨 기세였고, 시간의 틈을 헤치며 둔감의 시공간으로 데려다 줄 우주선은 나를 기다리고 있지 않았다. 일상의 톱니바퀴를 평소보다 빠르게 돌려 내일의 자리로 지구를 가져다 놓아야만 겨우 휴식할 수 있을 것 같았다. 옷을 갈아입는 데는 채 십 분도 걸리지 않았으나 스마트폰을 찾지 못해 삼십 분을 더 지체하고 말았다. 러시아워의 택시는 절망적인 상황을 조금도 개선하지 못했다. 설상가상으로 조릿대 같은 겨울비마저 아스팔트를 뚫고 촘촘하게 자라나는 바람에 가까운 길을 버리고 돌아가야 했다. 오래된 불운은 운명론자를 상대로 이미 임상 시험을 끝낸 듯했다. 우산을 챙기지 않았다는 사실도 나를 곧 괴롭혔다. 직장 상사의 인신공격을 막아낼 변명이 남아 있던가. 나의 의뭉스러운 침묵 앞에서 그들은 과민하게 발작했다. 판타지 소설을 표절한 시말서가 한 장 더 추가된다고 한들 나에 대한 편견이 전혀 달라질 리 없었다. 그래도 어젯밤 마지막 술자리가 기억나지 않는다는 건 어쩔 수 없는 사실이다. 스마트폰에는 사진이나 통화 기록, 또는 신용카드 사용 이력조차 남아 있지 않다. 그러니까 어제저녁 최소 세 시간 동안 나는 타인의 기억만으로 지상에 존재했고, 그것이 곧 내 몸속에 채워지겠지. 헛구역질을 간신히 참고 있을 때 택시는 회사 앞에서 멈췄고, 나는 그 안으로 빨려들었다. 따가운 눈총을 견뎌낼 용기가 사라진 사이에 카푸친 수도사 같은 세 명의 직원과 마주쳤는데, 그들은 이미 불행의 인과를 파악한 듯 비웃음을 애써 참으며 지나쳤다. 사무실 안의 어색한 침묵과 매캐한 냄새로 짐작하건대 S 대리는 출근하자마자 B 부장에게 퇴사를 통보했을 것이고, 대책을 마련하기 위해 B 부장은 회의를 소집했을 것이다. 뾰족한 혀를 삼키고 무리 속에 웅크리는 게 낙뢰를 피하는 최고의 방법이었다. 오전 내내 두통과 복통을 참아내느라 의자가 낮아졌다. 점심시간에 B 부장이 S 대리와 함께 사무실을 나가자 비로소 사지 끝에 고여 있던 물소리가 다시 흐르기 시작했고, 화장실로 곧장 뛰어가 위장 속에 갇혀 있던 나비들을 모두 풀어주었다. 하지만 장미라고 불리는 그녀는 여전히 제자리로 돌아오지 않았고, 블랙커피를 연거푸 두 잔이나 마셨건만 쓸쓸함은 오히려 더욱 사나워졌을 뿐이다.

사라진 다음에야 비로소 존재감이 뚜렷해지는 것들이 내 주위에 득실거린다. 장미라고 불리는 그녀는 단 한 번도 나의 주인이거나 대리인으로 행세하지 않았다.

외부에 존재를 감추고 욕망을 자제하면서 정숙하고 사려 깊게 행동했으며 현학을 자랑하는 법도 거의 없었다. 나는 가끔 짓궂은 상황을 연출해 그녀의 허영을 자극했으나 기대한 만큼의 즐거움을 얻지 못했고, 되려 곤경에 빠져 그녀의 도움을 받은 적도 많았다. 그렇다고 그녀가 항상 죽은 자의 외투처럼 행동하는 것만은 아니어서 일단 은밀한 곳에 우리 둘만 남겨지면 그녀의 심신은 뇌쇄적이고 일회적인 미덕으로 가득 채워졌다. 우리는 서로를 격렬하게 탐닉하느라 어둠이 찢기고 벽이 얇아지는 줄도 몰랐고, 각자의 육체가 영혼에 지배당한 적이 단 한 순간도 없다는 데 동의했으며, 속죄나 윤회 따위는 헛소리에 불과하다고 떠들어댔다. 망망대해를 표류하다가 기적적으로 구조된 선원처럼 우리는 기진맥진해진 채 침대 아래에서 깨어났으나 다음 항해를 상상하느라 허기도 잊었다. 지리멸렬한 밥벌이가 묽은 피로감을 주입할 때면 연정보다는 자기연민 속으로 침잠하면서, 서로에게 치명적인 상처를 입히고도 애써 변명하지 않았다. 격앙된 내가 그녀에게 "장미보다 더 잔인한 년!"이라고 지분거린 까닭은, 장미의 고요함이 총칼의 천박함을 압도한다는 사실을 모든 연인에게 상기시키고 싶었기 때문이다. 크고 작은 다툼 뒤에도 우리는 서로가 샴쌍둥이처럼 운명을 나눠 쓰고 있다는 사실을 절대 의심하지 않았다.

 내게 앙심을 품은 누군가가 어젯밤 독주로 나를 마비시킨 뒤 장미라고 불리는 그녀를 납치해 갔다. 그녀는 안전한 밤을 보냈을까. 그녀가 비운 자리에 누런 화농이 차오르지 않는 것으로 보아, 그녀는 무사한 것 같았다. 하긴 생사고락을 맹세했던 애인이나 친구들과 헤어진 뒤에도 별 탈 없이 지냈으니, 운명을 나눠 쓰는 그녀와 매일 살을 부대끼며 안부를 확인할 필요는 없을 것 같았다. 잠깐의 이별은 오히려 상대에 대한 자신의 감정을 확인하고 교정할 기회로 활용할 수 있지 않을까. 장미라고 불리는 그녀가 사라졌건만 나의 몸속에선 여전히 음탕한 상상이 요동치고 있다. 집채만 한 통증이 당장 멈춘다면, 나는 욕망의 정언명령에 따라 환락가를 떠돌면서 수많은 여자와 작은 죽음의 쾌락을 나눌 수도 있겠다. 그렇다고 나의 충동적 일탈이 정치적 목적이나 윤리적 결함을 지니는 것도 아니다. 그저 생의 의지가 딱딱하게 굳어 사회악으로 타락하는 걸 막기 위해 부단히 애쓸 뿐이다. 밤과 함께 흔적도 없이 사라지는 것이 순수한 사랑의 운명이라고 믿지 않는 대신, 삶의 모든 추억과 희망을 포용할 수 있는 사랑은 일생에 단 한 편이면 충분하다는 데 동의한다. 천둥벌거숭이처럼 날뛰는 욕망을 순한 인형처럼 다룰 줄 아는 조련사 중에서 장미라고 불리는 그녀보다 더 다정하고 유능한 자는 단연코 존재하지 않는다. 그런 그녀의 실종으로 나의 불안감은 이미 통제 불능 상태다. 아직은 턱수염이 목울대까지 뒤덮고 있고 젖가슴은 부풀어 오르지 않았으며 허세 가득한 근육들은 모호한 풍문에도 요란하게 꿈틀거리지만, 그녀의 주검이 발견되는 순간 나의 운명은 전혀 예상치 못한 곳으로 흘러갈는지도 모른다. 현재의 무기력감은 마치 사랑니가 잇몸을 뚫고 올라오는 며칠 동안 입안의 모든 이가 사라진 것과 같은 느낌과 같으리라. 나는 진통제 한 알을 삼키고 찬물로 세수까지 했다. 그리고 정상적 사유 능력을 회복하는 대로 어제의 술자리에 참석한 회사 동료들을 차례로 만나 퍼즐을 맞춰볼 작정이다. 설령 그들의 기억 역시 독주에 휘발했다고 하더라도 일탈이 시작된 위치를 확인할 수만 있다면, 그 주변에 설치된 수백 개의 영상 기록 장치들에게 자세

한 증언을 요구할 수 있을 것이다. 신기루 속에서 그녀를 무사히 구해낸 즉시 나는 더 이상 불운의 이유 따윈 궁금해하지 않고, 어제를 살지 않은 것처럼 내일을 살겠다. 우리는 서로를 부둥켜안은 채 러브호텔로 가서 새로운 체위를 시도할 수도 있다.

S 대리의 증언대로라면 나는 늦어도 새벽 한 시쯤 집에 도착해야 했다. 퇴사 결심을 공개하기에 앞서 친한 동료들과의 비밀 환송식을 마치고 귀가하려는 그를 기어이 술집으로 이끌었으면서도, 나는 테이블 위에 엎드려 한참 동안 자다가 갑자기 깨어나 집으로 가겠다고 소리쳤다는 것이다. 만류를 뿌리치고 밖으로 달려나간 내가 택시에 오르는 장면까지 먼발치에서 지켜본 뒤 술자리로 돌아왔다고 S 대리는 말했다. 신용카드를 사용하지 않은 것으로 보아 누군가 내 주머니에 택시비를 찔러준 것 같다. 하지만 나는 새벽 세 시가 넘어서야 귀가했으니, 택시 기사가 엉뚱한 목적지에 나를 내려주는 바람에 집까지 걸어온 게 아니라면 나는 도중에 누군가를 만났거나 어딘가에 들렀을 텐데 그걸 확인해줄 물증이나 증인은 찾을 수 없었다. 당연히 S 대리는 번호판은

커녕 택시 회사의 이름조차 기억하지 못했다. 그러면서도 내가 밤사이에 잃어버린 것이 무엇인지 진지한 표정으로 물었다. 주인을 단정할 수 없는 현금이나 액세서리라면 되찾기 어렵겠지만, 손때 묻거나 값싼 소지품이라면 가끔 제힘으로 돌아오기도 한다고 나를 위로했다. 나는 분실물의 정체를 선뜻 대답하지 못했다. 한 번도 그녀를 만난 적 없는 타인에게 어떤 특징부터 설명해야 하는지 막막했을 뿐만 아니라, 나의 부주의나 무능력으로 인해 자신의 본래면목이 잘못 알려지는 걸 그녀 또한 절대 원하지 않을 것 같았기 때문이다. 그녀가 장미라고 불리는 까닭을 설명하기도 전에 피라냐 떼처럼 몰려들 모멸감이 두려웠다. 그녀의 모습은 이미 희미해져서 견고한 언어로 재현할 자신도 없었다. 그러니 그녀가 어둠과 꿈에 섞여 나의 음습한 침실로 밀물처럼 천천히 되돌아오는 때를 기다리는 수밖에.

그녀가 사라진 지 사흘 동안 나는 요기尿氣는커녕 갈증조차 느끼지 못했다. 하지만 성욕은 분명 바람처럼 하루에 수백 번씩 심신을 휘감았고 그때마다 그녀가 비운 자리로 통증이 몰려들었으나 다행히 화농으로 자라진 않았다. 다만, 평소보다 땀의 배출량이 열 배 이상 늘어나서 몸을 움직일 때마다 물소리가 발밑까지 흘러나올 정도였다. 그래서 속옷과 양말을 가방에 들고 다니면서 하루에 두 번씩 갈아입어야 했다.

S 대리가 비운 자리는 시간이 지날수록 더욱 커졌다. 연봉과 직위를 한꺼번에 올리기 위해 떠나는 것이었다면 나는 그의 멱살을 붙잡아서라도 제자리에 눌러 앉혔을 것이다. 하지만 이 년에 걸친 세계 일주를 준비하는 그에게 월급 명세서나 실업 급여 따윈 더 이상 매력적인 구명 장치가 되지 못했다. 마지막 술자리에서 그가 호기롭게 말했다. 우리는 우리 자신을 희생시키는 사회에 정작 우리가 얼마나 이바지하고 있는지 모른다고.[1] 유리 갑옷 같은 술기운이 그의 날카로운 혀에 찔려 박살 나자 나는 알몸을 드러낸 것처럼 부끄러웠다. 나를 희생시키는 사회에 내가 얼마나 이바지했는지는 모르겠지만, 내가 전력을 다해 편입하려는 세계가 그의 숨통

---

[1] "그러나 당신은, 당신을 희생시키는 사회에 당신이 얼마나 많은 기여를 하고 있는지 깨닫지를 못하죠." 체 게바라, 『체 게바라의 라틴 여행일기』, 이재석 옮김, 이후, 2000.

을 짓누르고 있다는 사실만큼은 부정할 수 없었다. 나는 온종일 그와 함께 지내면서도 그의 고통을 전혀 감지하지 못했다. 어쩌면 감지하고 있었으나 그걸 아는 체하는 건 곧 내 죄악을 스스로 인정하는 꼴이 될 것 같아서 일부러 외면했는지도 모르겠다. 만약 내가 이 세계의 입구에 서게 된다면 S처럼 단호하게 발길을 돌릴 수 있을까. 아니다. 나는 그때도 여전히 과거가 현재보다 훨씬 더 안전하다고 자위하면서 새장 안의 평화를 절대 포기하지 않을 것이다. 어떤 인간은 자유로울 권리를 거세당한 채 태어났고, 또 어떤 자는 불필요한 자유를 언제든지 포기할 권리가 있다고 주장할 수도 있다. 내가 자유를 두려워하는 건 내 아버지가 자신의 권리를 지나치게 많이 행사한 결과이기도 하다. 그는 이십여 년 전부터 가족의 중앙에 고욤나무처럼 들어앉아 아버지라는 직업에만 몰두하셨다. 매달 국가에서 받는 몇 푼의 연금으로는 가족을 부양할 수 없었지만, 그는 전쟁 영웅처럼 준엄한 명령만으로 군림하셨다. 그가 도망친 전쟁에 어머니가 참전하셨다. 갖가지 폭탄 형상의 생선을 손수레에 싣고 그녀는 피아彼我의 경계를 드나들었다. 매일 밥상 위에 올라온 어머니의 살과 뼈들을 아껴 먹으면서 우리는 비닐하우스의 작목들처럼 생의 비장함을 늘려갔다. 아버지라는 직업을 갖지 않으려면 죽음이 나의 모든 유전자를 흔적도 없이 거둬들일 수 있어야 했다. 그렇다고 성직자처럼 살아갈 자신도 없었기 때문에 그저 순간의 욕망만을 그럭저럭 해결할 수 있길 바랐다. 내 육신을 만들어준 어머니가 자살했을 때 비로소 나는 증오심도 자기애에 불과하다는 사실을 이해할 수 있었다. 고욤나무는 여전히 같은 자리에서 천천히 늙어갔지만, 자유로울 권리 때문에 매 순간 고통받았다.

굳이 의사를 찾아가지 않아도 인터넷을 통해 스스로 진단할 수 있는 시대에 나의 병증은 살찐 남자에게 종종 나타나는데, 식이요법과 유산소운동으로 자연스레 치유될 수 있었다. 갑작스러운 부자유를 견뎌내려면 술과 담배를 즉시 끊고, 물 대신 과일을 많이 챙겨 먹으며 충분한 휴식과 수면이 필요했다. 외설적 자극과 음탕한 꿈은 증상을 악화시킬 수 있으니 잠들기 전에 미지근한 물로 샤워하고 스마트폰이나 텔레비전을 멀리하는 게 좋다. 접합 수술은 환자의 엉덩잇살 대신 송아지 심근을 활용하기 때문에 부작용이 적고 회복이 빠르지만, 섹스

없는 부부는 보톡스 시술이나 박피 수술을 선호한다. 서른 살이 될 때까지 줄곧 여자로 살아오던 남자가 교통사고로 하반신을 잘라낸 뒤에야 비로소 자신의 살 속에 숨어 있던 장미를 발견했다는 뉴스를 읽기도 했다.

  S 대리가 떠난 뒤로 매일 야근이 이어지면서 나는 외설적 자극과 음탕한 꿈으로부터 자연스럽게 보호받았다. 장미라고 불리는 그녀의 도움 없이 요기와 성욕을 해결할 수만 있다면 나는 노새처럼 모든 여자에게 크게 환영받을 것이고, 한 줌의 악연도 남기지 않은 채 그녀들 사이를 자유롭게 옮겨 다닐 것이다. 오물로 가득 채워진 내 육신이 가구나 타인과 부딪쳐서 터지지 않도록 극도로 주의하면서 현재의 직업도 유지해야 했다. S 대리의 빈자리는 한 달 만에 거의 메워졌으나 나는 이런저런 핑계로 약속을 거절하고 사무실에서 가장 늦게 퇴근했다. 밤거리마다 넘쳐나는 유혹을 회피할 목적으로 지하철을 탔고 어두운 골목만을 골라 걸었다. 하지만 대도시에서 순례자는 자주 길을 잃었다. 술에 취해 일탈을 공모하는 젊은이들과 마주칠 때마다 장미라고 불리는 그녀의 환청이 들려왔다. 가능한 한 빨리 벗어나고 싶었

으나 오물 주머니가 터질지도 모른다는 걱정이 나의 행동을 굼뜨게 만들었고, 구경꾼들은 나약한 기성세대를 마음껏 조롱했다. 간신히 집에 도착해 찬물로 샤워해도 낭패감은 벗겨지지 않았다. 침대 위에 누우면 나는 압제자에게 해방된 게 아니라 더 잔혹한 형벌을 기다리고 있다는 생각이 들었다. 마른 음식을 골라 먹고 연명에 필요한 최소량의 식수를 마시더라도 몸뚱이의 팔십 퍼센트는 물기로 채워질 것이므로 흡수와 배수의 균형이 필요했다. 콩팥에 구멍을 뚫고 매일 밤 한 번씩 고무호스로 오줌을 뽑아낼 작정이 아니라면, 거식증 환자처럼 끼니마다 손가락을 삼키면서 음식을 게워내는 수밖에 없었다. 그래서 어느 날 편의점의 음식을 사서 퇴근한 뒤—게워낼 때 고통을 덜 겪기 위해, 거식증 환자들에게 인기가 많은 음식을 인터넷으로 검색했는데 음식 재료와 요리 방식, 온도, 섭취량에 따라 천국의 노래가 지옥의 비명으로 언제든 바뀔 수 있었다— 벌거벗은 채 목욕탕 욕조에 앉아서 그걸 삼켰다. 그리고 손으로 입과 코를 막고 온몸에 힘을 주어 살갗 속에 함몰돼 있을 잉여의 살덩이를 압박해보았다. 그랬더니 장미라고 불리는 그녀가 사라진 직후부터 몸 안에 쌓여 있던 오물이

여덟 가지의 구멍을 통해 일제히 쏟아져 나와 욕조를 채웠다. 혹시 내가 삼킨 것 중에 장미라고 불리는 그녀의 살덩이가 포함된 게 아닐지 걱정돼 집게손가락으로 오물을 뒤적거리다가 정신을 잠시 잃었다. 겨우 정신을 되찾은 나는 마치 세례를 받은 것처럼 홀가분한 기분을 느꼈다. 이로써 나는 장미라고 불리는 그녀의 도움 없이도 삶을 균형 잡을 수 있게 됐다. 성욕마저 해결할 방법까지 찾는다면 나는 그리스도나 싯다르타보다도 더 완벽한 자유를 누릴 수도 있을 것 같았다.

공포가 줄어들고 허기가 심신을 더욱 긴장시키자 나는 마치 새로운 세계에 방금 도착한 자유인처럼 매사에 호기심을 표출하며 열정적으로 대응했다. 회사 동료들은 나의 긍정적인 변화를 내심 반겼다. S 대리 덕분이라는 생각까지 들어서 나는 그에게 안부 메시지를 보냈으나 회신을 받진 못했다. 외설적 자극에도 통증이 한곳으로 집중되지 않았다. 나는 장미라고 불리는 그녀가 선물한 행운을 시험해보고 싶었다. 그래서 평소보다 일찍 퇴근해 토악질하고 샤워를 마친 다음 집을 나섰다. 딱히 목적지나 연락할 사람이 떠오르지 않아 이곳저곳을 기웃거리다가 회사 근처에 이르렀는데, 동료들을 우연히 만난다면 마지못한 척하면서 술자리에 동석할 작정이었다. 모호한 소문과 눅진한 울분이 취기와 뒤섞여 몸 안의 감각기관들을 되살려줄 것이라고 기대했다. 아니나 다를까, 동료들 사이에서 인기 많은 술집 앞을 느리게 걷고 있을 때 누군가 등 뒤로 다가와 내 팔을 붙잡았다. 그곳에서 만나고 싶지 않은 인물 중 한 명이었지만 그 뒤에는 네 명의 동료들이 더 서 있었기 때문에 매몰차게 거절할 수도 없었다. 그래서 나는 두 번째 술집을 찾고 있던 그들을 따라나섰다. 너무 한적하고 어두워서 행인이 거의 없을 것 같은 골목에 식당이 성업 중이었고, 거기서 B 부장이 누군가와 구석 자리를 잡고 앉아 술을 마시고 있었다. 그의 눈에 띄지 않도록 입구 쪽에 자리를 잡고 앉아 힐끗 쳐다보니, B 부장과 대작하고 있는 자는 장미라고 불리는 그녀가 아닌가. 내가 절대로 잘못 봤을 수는 없었다. 나는 단 한 방울의 술도 마시지 않았고, 형광등 아래 실내는 밝고 투명했으며, 테이블에 둘러앉은 손님들은 대화를 멈춘 채 꼼짝하지 않기 때문이다. 게다가 B 부장은 나와 우리 일행을 알아보고 손까지 흔들지 않았던가. 다만 장미라고 불리는 그녀는 나와 눈이 마주쳤는데도 아는 체하지 않고 고개를 돌려 B 부장과의 대화를 이어갔다. 그녀는 나와 함께 지낼 때보다 살이 빠져 있었으나 그 때문에 훨씬 더 뇌쇄적으로 보였다. 십여 미터 떨어져 있는 곳에서 그녀의 체취가 밀려오자, 갑자기 속이 메스꺼워져서 화장실로 달려가야 했고, 변기 속에 내장까지 게워낸 뒤 자리로 돌아왔을 때 장미라고 불리는 그녀는 B 부장과 함께 떠나고 없었다. 나는 일행과 급히 헤어져, 장미라고 불리는 그녀가 B 부장과 숨을 만한 곳을 샅샅이 뒤졌다. 가장의 의무와 직업윤리를 함께 고심했다면 B 부장이 회사 근처에서 부정한 행동을 할 리는 없을 것이다. 그런데 그들은 서로 언제 어디서 어떻게 알게 됐을까. 그리고 무슨 목적으로 오늘 만난 걸까. 왜 장미라고 불리는 그녀는 내 주변을 맴돌고 있으면서도 내게 돌아오기는커녕 안부조차 확인하지 않는지 알 수가 없었다. 아침까지 주변을 살피다가 집으로 돌아와 샤워하고 출근했다. 어제 채워진 물기를 아직 배출하지 않았다는 사실을 뒤늦게 깨닫고 지하철역의 공공 화장실로 달려갔지만, 균형을 잡는 데 실패했다. 그래서 점심시간에 헌혈의 집으로 찾아가 삼백 씨씨 분량의 피를 뽑았다.

퇴근 전 B 부장이 담배를 피우러 나가는 순간을 놓치지 않고 쫓아가 어제의 불손함을 사과하면서 일행에게도 진심을 전달해달라고 부탁했다. B 부장은 주변의 직원들이 사라질 때까지 한참을 머뭇거리더니, S 대리의 여자 친구가 어제 퇴근 시간 무렵에 회사로 찾아왔다가 애인의 퇴사 소식을 듣고 큰 충격을 받는 바람에 그의 마지막 팀장이었던 자신이 그녀를 진정시켜야 했다고 말했다. 식당으로 자리를 옮긴 뒤에도 배신감을 억누르지 못한 여자는 S 대리가 자신과 회사에 저지른 악행에 대해 격정적으로 이야기하다가, 갑자기 내가 직원들을 데리고 그곳에 나타나는 바람에 부득이 자리를 옮겨야 했다고도 변명했다. B 부장은 그녀에게서 들은 이야기를 내게 말해주지 않았지만, 추후 법적 소송을 통해서라도 반드시 S 대리를 처벌하겠다고 다짐했다. 어쩌면 장미라고 불리는 그녀는 S의 악행과 연관된 나의 비밀—왜냐하면 회사에서 S 대리와 가장 친하게 지낸 자가 나라는 사실은 누구나 알고 있었으므로—까지 폭로했을 테지만, B 부장은 내 앞에서 애써 침착하게 행동하고 있는지도 몰랐다. 나는 그들이 언제 어디서 헤어졌는지 몹시 궁금했지만 차마 추궁할 수는 없었다. 만약 그들이 부적절한 관계를 맺었다면, 절대 용서하지 않겠다. 하지만 장미라고 불리는 그녀는 나와 운명을 공유하고 있으니 그녀와 헤어지는 대신 B 부장을 협박해 합의금을 두둑이 받아내야겠다고 생각했다. 그래서 퇴근 후 인근 경찰서를 찾아가 어제저녁에 지갑을 잃어버렸다고 둘러대면서 주변의 감시 카메라가 녹화한 영상을 살펴보려고 했다. 하지만 경찰은 나의 이야기를 곧이곧대로 믿을 수 없었는지, 자신이 조사해보고 결과를 알려주겠다고 대답했다. 장미라고 불리는 그녀의 정체와 행방불명 사실을 솔직히 말하고 도움을 청하는 편이 차라리 나았으나, 끝내 이야기의 시작과 끝을 찾지 못한 채 경찰서를 나와야 했다. 그날 이후 B 부장의 일거수일투족을 감시하면서 그가 장미라고 불리는 그녀와 다시 만나는 순간을 기다렸다. S 대리에게서 아무런 회신도 없는 것으로 보아, 그는 이미 배낭을 메고 국경을 넘어간 게 분명했다. 머지않아 그는 국경 검문소에서 자신이 수배자가 된 사실을 알게 될 것이고, 모국으로 끌려가 불명예스럽게 살든지 아니면 도피자 신분으로라도 자유를 고집하든지, 그것도 아니라면 양자택일의 고통을 죽음으로 중지시킬 것이다. S 대리보다 내가 먼저 단죄될 수도 있다.

하지만 한 달이 지나는 동안 아무런 사건도 일어나지 않았고, 매일 야근을 하는 B 부장의 퇴근길을 몰래 뒤따르는 일에도 넌덜머리가 났다. 장미라고 불리는 그녀는 나와 B 부장에겐 신기루 같은 존재로 변신해 있었다. 그 사이 나의 불안감은 성욕으로 변했는지, 매일 밤 노예의 심신처럼 너무 무거워져서 쉽게 잠들지 못했다.

만나지 않으려고 애쓰지 않으면 어쩔 수 없이 만나게 되는 사람이 있다. 발을 허우적거리지 않아도 물속이나 바닥에서 아무 탈 없이 사는 생명체가 얼마든지 있는 것이다. 대부분의 인간을 살리는 것은 무의식으로 작동하는 습관이므로 특이한 습관 하나를 깊이 분석하다 보면 자신의 실체를 찾아낼 수도 있다. 특히 나처럼 한곳에 오래 살면서 추억의 힘으로 현재를 밀고 가는 사람에게는 이별만큼이나 만남 또한 식상하고 남루하다. 그래서 나는 길을 걷거나 카페에 앉아 있거나 버스를 기다리고 있을 때 낯익은 자들이 편히 나를 지나치도록 오랫동안 고개를 숙여준다. 설령 눈이 마주치더라도 상대가 먼저 다가와 아는 체하지 않는 한 '지금은 덥고 바쁜 데다가 차림새도 꾀죄죄하고 지갑까지 가벼우니까

다음에 좀 더 좋은 상황에서 만나는 게 좋겠어'라고 중얼거리며 천재일우千載一遇의 기회를 쉽게 포기해버린다. 그런 습관 때문에 나는 C가 다가오는 걸 전혀 알아차리지 못했다. 그리고 C가 내민 손을 내려다보면서 오 년 동안의 공백 위에서도 끄덕없는 인연의 견고함에 놀라는 한편, 이 어색한 순간에서 벗어나기 위해 혀로 뇌를 연신 핥았다. 더군다나 내가 입고 있는 와이셔츠의 연두색은 C가 가장 좋아하던 색깔이었기 때문에 자칫 오해를 살 수도 있었다. 하지만 C는 우연의 극적 효과에 무덤덤해진 듯했다. 그 대신 말문이 막힐 때마다 결혼반지를 만지작거리는 습관이 새로 생겨났다. 말랑말랑한 백일몽만이 어울리는 일요일 오후였다. 꿈이란 실현할 수 없는 욕망이라고 사전에 정의돼 있다면, 두 명의 주인공만 등장하는 꿈이 첫사랑은 아닐까. "네가 나의 첫사랑이었어"라는 고백은 "나는 너 때문에 두 번째 사랑이 필요했어"라는 변명과 잘 어울릴 따름이다. 게다가 무람한 시간이 자신만을 파괴했다는 자괴감에 사로잡히는 순간 비극은 절정으로 치달아 한겨울의 동백처럼 허공 속에서 요란하게 터진다. 오 년 전 우리는 약속을 핑계로 만난 지 이십 분 만에 헤어졌지만, 매일 저녁 만나던 기억 때문에 작별 인사를 길게 나누진 않았다. 그리고 오 년이 지난 어느 날 나 혼자서 술을 마시고 있을 때 C가 내 등을 두드렸다. C는 이미 취해 있었다. 자신의 불행을 과장할수록 구원에 가까워질 수 있다고 생각한 것 같았다. 나는 첫사랑 때문에 고통받는 건 마치 자신이 꿈속에서 삼켰던 음식들 때문에 현실에서 다이어트를 시작한 것과 같다고 말했다. 서운하게 들릴 수도 있었지만 괘념치 않았다.

"어차피 그것이 헛것이었다면 설령 우리가 오늘 하룻밤 같이 보낸다고 한들 아무런 흔적도 남기지 않겠네."

나는 한참 동안 C의 입안을 들여다보면서 피투성이의 언어들이 어떻게 만들어지고 있는지 살폈다. 어금니를 부딪쳐 말끝을 매무시하는 습관 역시 낯설었다. 만약 오 년 전 우리가 몇 가지 유용한 습관을 지녔더라면 좀 더 편하게 서로를 이해할 수도 있었을 것이다. 영원한 작별에 앞서 우리는 어느 모텔 방에서 부둥켜안고 그 밤에 해야 할 일과 하지 말아야 할 일로 번민했다. 그리고 마침내 내가 장미라고 불리는 그녀를 소개했을 때 C는 극도의 공포감에 파리해져서 모텔 방을 뛰쳐나갔다가 아침까지 돌아오지 않았다. 오 년 동안 감각과 감정은 휘발했지만, C를 품는 순간 나는 또다시 방바닥에 토악질하게 될 것이고 C는 또다시 비명을 지르면서 모텔 방을 뛰쳐나갈 것이다. 비밀스러운 위안이 필요했던 자에게 나는 침묵으로써 냉랭한 윤리를 설교했으니 그 꿈의 끝은 충분히 예상할 수 있었다. 윤리적 관성은 C를 원래의 자리로 되돌려놓겠지. 격정이 수그러들면 필경 나의 배려에 감사할 것이다. 그래도 C의 열패감을 덜어주기 위해서 내가 겪고 있는 불행의 서막이라도 귀띔해주려다가 가까스로 참았다. 나조차도 이해하지 못하는 현실이 C에게는 구차한 변명으로만 들릴 게 분명했다. 결국 우리는 서로에게 고통받는 방법을 선택했다. 그래도 헤어지는 순간엔 가벼운 키스를 나누었는데, 그래야만 좀 더 오랫동안 만나지 않을 수 있을 것 같았기 때문이다. C를 태운 택시가 모퉁이로 사라지자, 마치 파도를 밟고 서 있는 것처럼 한참 동안 몸을 가눌 수 없었다.

간밤에 나는 묵직한 요기를 느끼고 화장실로 달려갔다. 너무도 어두웠기 때문에 멀리서 호응하는 물소리를 쏟아낸 곳이 욕실이거나 부엌이었는지, 꿈속이거나 현실이었는지 확신할 수 없다. 물소리가 끊겼을 때 의식도 어두워져서 어떻게 침대로 돌아왔는지는 기억나지 않았다. 잠은 피를 진하게 만든다고 했던가.[2] 눈을 떴을 때 아침이 마치 내 일상에 맞춰 재단된 겉옷처럼 느껴졌다. 평소보다 한 시간이나 일찍 일어났는데도 전혀 피곤하거나 우울하지 않았다. 바흐의 음악을 들으면서 커피를 마시는 호사까지 누렸다. 베란다 아래로 바삐 출근하는 사람들을 내려다보면서 모호한 미래에 대한 조바심이 준동했다. 장미라고 불리는 그녀를 더 이상 기다리지 않겠다. 아버지라는 직업을 지니고 싶지는 않지만 그렇다고 여자들과의 자유연애를 포기하지도 않겠다. 통장의 잔고를 확인하고 여름휴가까지 남은 날짜를 센다. 이왕 송아지 심근막을 내 몸에 이식하기로 작정한 이상, 가시가 많고 변덕이 심한 장미 대신 미끈하고 주위의 변화에 둔감한 식물을 선택하자. 그러면 나는 욕망하는 여자들 사이에서 유명해질 것이고 나중엔 사랑하는 일을 취미 대신 직업으로 삼을 수 있을지도 모른다. 죽음은 거대한 공포를 몰고 한꺼번에 찾아오는 게 아니라 비루한 환멸을 타고 자주 드나들기 때문에, 작은 죽음에

---

2) 귀스타브 플로베르, 『통상 관념 사전』, 진인혜 옮김, 책세상, 2003, 82쪽.

맞서려면 매 순간 사랑할 준비가 돼 있어야 한다. 송곳 같은 욕망이 정수리에 박히는 순간 몸의 중심이 한쪽으로 쏠리면서 멀미 증세를 느꼈고, 나는 곧장 욕실로 달려가 양변기에 머리를 처박은 채 폭발의 순간을 기다렸다. 출근 시간에 쫓겨 집게손가락을 삼켰으나 목구멍을 막은 이물감은 끝내 식도를 거슬러 오르지 못하고 배꼽 아래의 어느 통점을 향해 쏟아졌다. 나는 옷을 입은 채 욕조 안을 뒹굴면서 온몸에서 터지는 비명을 짓누르려고 애썼다. 발작이 멈추고 기진맥진해져서 침대에 누워 발밑의 시계를 쳐다보았을 때, 놀랍게도 장미라고 불리는 그녀가 내 몸 위에 쓰러져 있는 게 아닌가. 눈부처를 모두 비워내고 몸을 다시 일으켜 방을 환하게 밝혔는데도 그녀는 도망치지 않았다. 이로써 나는 다시 정상적인 인간으로 회복했도. 기쁘고 안쓰러운 마음으로 그녀를 안아 일으켜 세우려 했지만—피에타의 마리아처럼!— 체온과 맥박 이외엔 반응하지 않았다. 이 흐물흐물한 살덩어리가 서른다섯 해 동안 나를 주인으로 섬기며 사랑을 고백해온 동정녀란 말인가. 어쩌면 몸 곳곳에서 퇴화하는 부위들이 그곳으로 쫓겨와 뭉친 것인지도 모르겠다. 나는 출근 준비를 멈추고 B 부장에게 전화를 걸어 아버지가 편찮으시다는 핑계로 연차를 허락받았다.

갑작스러운 나의 등장에 놀라 아버지는 들고 계시던 물뿌리개를 놓치셨다. 어머니와 헤어지신 뒤로 그의 가족은 식물뿐이었다. 고작 일 년밖에 살지 못하는 것들만 돌보시는 까닭도, 자신보다 더 오래 살 가족을 세상에 남기고 싶지 않았기 때문이리라. 하지만 삼 년 동안 연락 없던 자식이 예고도 없이 불쑥 나타났으니, 그는 자신이 곧 죽음의 사신에게 붙들릴 위기에 처했다고 착각하셨을지도 모른다.

"어디가 아프기라도 한 게냐?"

나는 회사 일로 출장을 왔다가 잠시 들렀다고 둘러댔다. 그러자 그는 패랭이꽃 화분 하나를 품고 앞장서셨다. 스스로 일생의 기간을 결정한 어머니는 무덤을 원하지 않으셨지만, 장례 기간 내내 아버지의 고집을 꺾을 수 없었다. 그는 어머니의 무덤 주변을 찔레로 둘러쳐놓으시고 하루에도 몇 번씩 감옥 안을 드나드셨다. 하지만 정작 자신은 어머니 옆에 자신의 주검을 눕히고 싶지 않아 하셨다. 나는 그가 쓰러지는 즉시 어머니를 흙

더미 아래에서 꺼내어 철새 도래지로 보내드릴 것이다. 패랭이꽃을 상석 아래 옮겨 심으면서 나는 윤회가 멈추고 인간이 멸종해서 지구에 영원한 평화가 찾아오길 희망했다. 서럽게 울던 솔바람이 저절로 마를 때까지 아버지는 마을을 향해 돌아앉아 계셨다. 우리는 어머니를 재우고 읍내 목욕탕으로 가서 서로의 등을 때수건으로 밀어주었다. 단단한 옹이들로 가득 찬 아버지의 몸속으로 더 이상 무른 욕망이 숨어들지 않는 것 같았다. 그의 다리 사이에 매달려 있는 가계의 문장紋章은 장미라고 불리는 그녀와 조금도 닮지 않았다. 우리는 식당으로 가서 쇠고기를 구웠다. 아버지는 말을 안으로 삼키느라 음식을 제대로 삼키지 못하셨다. 나는 죽은 소의 혀처럼 파리한 돈 봉투를 그에게 내밀었다. 그것은 장미라고 불리는 그녀를 대신해 송아지 심근막으로 가문의 새로운 위패를 세우려고 마련한 것이다. 하지만 악몽은 저절로 끝이 났고 나의 일상은 다시 장미라고 불리는 그녀에 의해 통제될 것이다. 그래도 나는 누군가의 아버지가 되지 않겠다고 선언하기 위해서 찾아온 것인데, 아버지란 존재는 내 기억보다도 훨씬 더 나약하고 볼품없어서 연민이나 분노마저 허탈할 정도였다. 어둠에 쫓겨 헤어질 때쯤 그는 내게만 들리도록 중얼거렸다.

"딸 중에 네가 엄마를 가장 많이 닮아서 다행이구나."

그 순간 장미라고 불리는 그녀가 아주 잠깐 뒤척였다.

장미라고 불리는 그녀에게 묻고 싶은 게 너무 많았으나—나를 왜 갑자기 떠났는지, 떠나서 한 달여 동안 어디서 뭘 하고 지냈는지, S 대리와 어떤 관계인지, B 부장에겐 무슨 이야기를 한 것인지, 그리고 내게 왜 돌아왔는지 등— 적당한 기회를 찾지 못했다. 그녀를 만난 뒤로 B 부장은 징벌 같은 업무를 내게 맡기며 매일 야근을 강요했기 때문에 비뇨기과에 들러 그녀와 나의 건강 상태를 확인할 수도 없었다. 그녀는 일주일 남짓 축 늘어져서 맥박만 겨우 흘려보냈다. 생기를 회복한 뒤에도 자신의 존재감을 내게 확인하려 하지 않았고, 나의 요기와 성욕에도 무감했다. 급한 요기를 해결하기 위해선 여전히 욕실로 달려가 집게손가락을 삼켜야 했으나, 고통에 비해 해방감은 크지 않았다. 외설적 자극이나 음탕한 꿈으로 성욕이 채워졌을 때도 그녀는 나와 일면식 없는 타인처럼 행동했다. 나는 이전의 친밀감이 그리웠고, 그걸 되찾을 수 없다면 차라리 박탈감을 견디는 편이 낫겠다고 생각했다. 적당한 기회에 그녀를 궁지로 몰아놓고 매몰차게 진실을 추궁해보겠으나, 그녀가 화해를 끝까지 거부한다면 나도 영원한 이별을 준비하겠다. 그녀 없이도 두 달을 무탈하게 지냈으니 일 년 분량의 외로움 정도는 나 혼자서 거뜬히 처리할 수 있을 것 같았다. 너무 외로워지거든 주저하지 않고 비뇨기과를 찾아가 뭐든지 내 몸에 매달면 그만이다. 나는 더 이상 몸속에 장미를 지니고 다니면서 세상과 불화하고 싶지 않다. 가부장제의 폭력이나 일부일처제의 약점 따위를 들먹이지도 않겠다. 나는 세상 사람들이 들여다볼 수 없는 시공간에서 남자나 여자, 미혼 또는 기혼, 심지어 인간이든 가축이든 상관없이 그저 나 스스로 나라고 정의하는 생명체로 존재하면서 죽음까지 걸어가고 싶을 따름이다. 그러니 추억이나 희망으로 나를 더 이상 억압하지 말라.

퇴근 시간을 넘겨서 S 대리가 전화를 걸어왔다. 그는 아직 국경을 넘지 않았다. 반가운 마음을 선뜻 드러낼 수 없었던 까닭은, 장미라고 불리는 그녀가 사라지던 밤에 나와 그 사이에서 오간 언행을 여전히 기억하지 못하기 때문이었다. 만나지 않는 게 낫겠다고 생각하면서도 나는 그가 기다리는 술집으로 찾아갔고, 한참 동안 말없이 술잔을 채우고 비우면서 술잔 밖으로 흘러넘치는 기억의 부피로부터 술잔 안에 쌓이는 시간의 무게를 가늠했다. 이미 맥주 두 병을 해치웠건만 장미라고 불리는 그녀에게서 아무런 반응도 건너오지 않는 것으로 보아 그녀는 S 대리를 피해 잠시 자리를 비운 게 분명했다. 입속에다 집게손가락을 찔러 넣을 기회를 엿보느라 S 대리의 표정에 집중할 수 없었다. 숨소리마저 흘려보내지 않았다면 나는 그가 이미 맞은편 자리에서 떠났다고 착각했으리라. 장미라고 불리는 그녀가 B 부장을 만나 그의 비위를 격정적으로 고발했다는 사실을 알려주려다가 간신히 참았다. 그 대신 국경 넘어 첫 번째 기착지가 어디인지 물었고, 그는 자신의 술잔 속에서 그물처럼 퍼지는 파문의 횟수를 한참 동안 세더니 대답했다.

"나도 한때 당신의 장미를 사랑했다는 사실을 기억해주세요."

그의 목소리마저 술집에서 사라지자, 장미라고 불리는 그녀가 슬그머니 내게 돌아와 나란히 앉았다. 그녀의 복귀가 조금만 늦었다면 나는 술집 바닥에 오물을 쏟아 놓고 그 위를 돼지처럼 뒹굴었을지도 모른다. 나는 그녀의 자비에 진심으로 감사하면서 잠시나마 그녀의 배신을 의심했던 걸 사과했다. 그리고 그녀가 보는 앞에서 S 대리의 스마트폰 번호를 삭제했다. 그는 내일 아침에 술기운에서 깨어나면 깊은 상실감에 빠지겠지만 국경을 넘는 즉시 잊을 것이다. 나와 그녀는 새로운 술병과 안주를 주문한 뒤 재결합을 자축했다. 그녀는 뇌쇄적인 몸짓으로 나를 안심시켰고, 나는 취하기 전에 그녀를 무사히 내 침대까지 데려가려고 서두르다가 끝내 정신을 잃고 말았다.

다음 날 아침 두 명의 경찰이 내 집으로 들이닥쳤다. 나는 치통 때문에 출근할 수 없다고 B 부장에게 둘러댄 뒤 경찰차에 올랐다. 한 달 동안의 내 행적에 대한 자술서를 작성하고 거짓말 탐지기 검사까지 받아야 했다. 다수의 용의자 중에서 신분이 확실한 자들만 오후에 풀려났는데, 모든 인간은 언제라도 특별한 이유 없이 범죄자로 변신할 수 있다고 굳게 믿는 T 경위는 혐의를 벗기 전까진 출퇴근 이외의 외출을 삼가라고 내게 명령했다.

하지만 한 달이 지나도록 수사는 제자리를 맴돌았고 새로운 증거가 발견될 때마다 새로운 용의자들이 추가됐다. T 경위의 명령을 성실하게 따르던 나에게도 권태는 어김없이 찾아왔다. 낯익은 것들은 처음부터 없었던 것과 같았다. 일상의 가치를 복원시키기 위해서라도 새로운 자극이 필요했으나, 장미라고 불리는 그녀는 나를 흉악한 범죄자로 확신하고 극도로 경계했기 때문에 음탕한 욕망이 자라날 때마다 온몸이 가시로 찔리듯 너무 아팠다. 통증을 가려움으로 오인하고 손톱 밑에 피가 묻어날 정도로 긁어다가 밤을 지새운 적도 있었다. 요기를 해결하기 위해 나는 결국 회사 화장실에서 집게손가락을 삼켜야 했다. 그녀를 사랑했던 S 대리에게 도움을 청할 수도 없었다. 급격히 살이 빠지니 거울 속의 나는 수배 전단에 인쇄된 자처럼 보였다. 회사 동료들은 내가 곧 청첩장을 나누어주거나 사표를 던지리라고 추측했다. B 부장도 나의 눈치를 살피면서 징벌 같은 업무를 줄여주었다. 나는 비뇨기와 의사를 찾아갔다. 나는 남자라는 직업을 지닌 채 사회의 강자로서 군림하지 않았고 그저 나약한 인간으로서 정당한 권리를 행사할 방법만을 모색했을 뿐이라고 항변했다. 장미라고 불리는 그녀와 영원히 헤어지는 대신 내 심신의 주인으로서 그녀의 존재감을 더욱 강화해주고 싶다고 말했다. 하지만 속물에 불과한 의사는 거대한 성기와 불굴의 정력으로 고대 그리스 세계를 정복한 제우스를 상상한 게 분명했다. 수술 날짜를 확정하고 돌아오면서, 회복실에 누워 있는 나흘 동안 나와 통화할 수 없어서 애태우지 않도록 T 경위에게 병원 위치 정도는 알려줘야겠다고 생각했다.

수술대 위에 누워 푸른색 마취 가스가 몸속으로 불어 들어오길 기다리면서 나는 장미라고 불리는 그녀의 뇌쇄적인 나신을 상상했다. 벌거벗은 나와 그녀는 서로의 몸을 부둥켜안고 쾌락의 늪 속으로 뛰어 들어가 모든 욕망과 기억이 소멸할 때까지 버둥거릴 것이다. 둘 중 한 명은 완전히 사라지고 다른 한 명만 남게 되면 비로소 늪을 빠져나와 마른 땅 위에 튼튼한 가계를 세울 작정이다. 그곳에서는 성별에 따른 권리나 의무가 나뉘지 않고, 어떤 욕망의 생멸이든 존중받을 것이며 아무도 상처받거나 희생하지 않는다. 심지어 살아 있는 자가 죽은 자보다 우대받을 이유도 없다. 하지만 이십여 분을 기다렸는데도 의식은 희미해지지 않았고 T 경위가 수술실로 들어왔을 때 장미라고 불리는 그녀는 마치 기적을 간절하게 기다렸던 인질처럼 급히 자리에서 일어나며 몸을 격렬하게 떨었다.

우주의 모든 사건은 차렵이불에 시침된 모시나비의 날갯짓에서 시작되는 것일까. 나는 나이트클럽 화장실에서 여성을 강제로 성폭행한 범인으로 기소됐다. 주변의 감시 카메라들은 성능이 뛰어나지 않아서 용의자를 정확하게 기록하지 못했는데도, 범행 현장에서 멀지 않은 곳에 살면서 밤마다 외출했으며 피해자가 기억하는 옷과 향수병을 지니고 있다는 이유로 T 경위는 나를 범인으로 지목했다. 다만 유전자 정보가 포함된 증거를 발견할 때까지 체포를 미루고 있었는데 내가 범행 도구를 훼손하려 한다는 첩보를 받자 더 이상 지체할 수 없었다. 삼류 무협 소설보다도 더 황망한 이야기에 나도 모르게 폭소를 터뜨리고 말았다. 모멸감을 느낀 T 경위는 내 얼굴에 주먹이라도 날릴 태세였다. 나는 피해자나 목격자와 대화할 수 있도록 자리를 만들어달라고 요구했다가 거절당했으나 끈질기게 읍소하고 협박한 끝에, 장미라고 불리는 그녀가 피해자이고 B 부장이 유일한 목격자로서 소환 조사받았다는 사실을 알게 됐다. 안도감이 밀려와 나는 다시 T 경위 앞에서 웃어 보였다. 그리고 개인의 연애사까지 국가가 개입하는 건 권력 남용이라고 항변했다. 장미라고 불리는 그녀와 오해를 풀고 진심으로 사과하고 싶었다. 하지만 그녀는 외부의 자극이 들어오지 못하도록 온몸을 딱딱하게 만들고 마치 오래전에 죽은 나무처럼 위장했다— T 경위를 통해서라도 미안한 마음을 전달하지 못한 건 큰 실수였다—. 나중에 곰곰이 생각해보니, B 부장이 목격자로 등장했다는 사실이 나를 예민하게 만들었던 것 같았다. 나는 그가 장미라고 불리는 그녀와 술집에서 만나 살갑게 이야기하던 장면을 떠올렸다. 그리고 그들이 나를 따돌린 뒤 음탕한 욕망을 채웠다고 생각하니 목덜미가 뜨겁게 달아올랐다. 분노를 주체하지 못하고 나는 변호사만 알고 있어야 할 이야기를 T 경위에게 들려주고 말았다. 즉 장미라고 불리는 그녀는 어려서부터 아버지에게 지속적으로 성추행을 당했다. 그때 받은 충격으로 그녀는 자신의 방에 갇혀서 사춘기를 음지식물처럼 버텨냈다. 수치심에 어머니가 스스로 목을 매자, 소녀는 세상으로 쫓겨 나왔다. 그녀는 남자들의 질서와 위선을 증오했지만 그것들 속에서 생계를 이어가야 한다는 당위와 타협해, 자신을 흠모하는 남자들을 윤리와 욕망 사이에 가두고 학대했다―그녀는 윤리란 싸구려 콘돔에 불과하다고 비아냥거렸다―. 사건이 발생하던 날에도 그녀는 차마 입에 담지 못할 욕설과 폭력으로 나를 일방적으로 괴롭혔다. 하지만 나는 그녀의 성격과 태도를 정확히 알고 있었으므로 정면으로 부딪치지 않고 살짝 피했다. 기분 전환을 위해 술자리와 나이트클럽에 들렀다가 새벽에 귀가해보니 장미라고 불리는 그녀가 보이지 않았고 두 달 동안 연락할 수 없었다. 그래도 형벌의 시간이 끝나자 그녀는 태연하게 제자리로 돌아왔고 우리는 지금껏 잘 지내고 있다. 두 달 동안 그녀가 어디서 누구와 무엇을 했는지 몹시 궁금했지만, 그다지 즐거운 경험이 아니었기 때문에 제 발로 돌아왔으리라고 추측하고 아무것도 묻지 않았다. 그리고 그녀 역시 그 사건과 무관하다고 나는 굳게 믿는다. 차라리 B 부장을 좀 더 면밀하게 조사해볼 필요가 있다. 왜냐하면 남성 중심의 사회를 만드는 데 평생을 바친 그는 갖가지 구설수로 직원들 사이에서 평판이 나쁜 데다가 사건 전날에도 추잡한 폭언을 쏟아내는 바람에 S 대리가 사표를 냈기 때문이다. 덜컥 겁을 집어먹고 뒤늦게나마 혼자서 사태를 수습하려 했던 B 부장은 자신의 과오를 감추기 위해 장미라고 불리는 그녀를 협박해 나와 S 대리의 비밀을 빼앗아 갔다. 여기까지 말하고 내가 고개를 들었을 때, T 경위는 이미 나를 구속하는 데 필요한 절차를 밟고 있었다. S 대리에게라도 당장 연락할 수 있다면 장미라고 불리는 그녀와 나의 알리바이가 더 확실해지겠지만, 유감스럽게도 그는 더 이상 우리의 현실이 아니다. 그렇다고 내가 스스로 희망을 포기하는 일은 결코 없을 것이다. 설령 사형이 선고되더라도 뫼비우스 띠를 따라 맴돌면서 저항할 것이다. 부당한 죽음은 불필요한 윤회를 반복시킬 위험이 있다. 자, 보아라, 지금 내 두 다리 사이에서 화려하게 피어오른 장미 한 그루를. 그녀는 이미 나의 사죄를 받아들였고 나에게도 용서를 구했다. 그리고 내가 죽는 날까지 우리의 삶을 엿듣고 기록하겠다고 약속했다. 그러니 장미에 찔려 죽은 릴케[3]를 더 이상 동정할 이유는 없다.

---

3) 하지만 그의 묘비에는 이렇게 적혀 있다. "장미여, 오 순수한 모순이여, 기쁨이여, 그 많은 눈꺼풀 아래에서 그 누구의 잠도 아닌 잠이여."

롱괴르 Longueur 4)

[밀란 쿤데라, 1929년 4월 1일~2023년 7월 11일

금요일 오후 카페에서 P를 기다리면서 나는 MK가 오랜 투병 끝에 아흔넷의 나이로 자택에서 사망했다는 뉴스를 스마트폰으로 읽었다. 은둔의 고수답게 그는 자신의 투병 사실까지 오랫동안 감추고 있다가 세상을 황급히 떠났다. 자신의 파란만장한 일생을 담은 소설이나 자서전, 아니면 인터뷰 기사라도 남길 줄 알았는데 유족 대표는 유고가 없다고 발표했다. 자신의 책을 불태우라는 유언마저 없었으니, 세계 유수의 출판사들은 고인과 생전에 계약했던 작품들을 계속해서 출간할 것이고 여

---

4) "바이런은 언젠가 '롱괴르(longueur)'라는 프랑스어 단어를 쓰면서 지나가는 말로, 영국에는 딱히 그런 '단어'는 없지만 그런 '개념'은 상당히 많다고 언급한 바 있다." 조지 오웰, 「민족주의 비망록」, 『나는 왜 쓰는가』 이한중 옮김, 한겨레출판, 2010, 179쪽. '롱괴르(longueur)'는 문학이나 공연 예술에서 지루한 대목이라는 뜻.

기저기 흩어져 있는 원고들을 긁어모아 신간으로 묶을 것이다. 상속에 불만을 품고 있거나 생활고에 시달리는 유족은 출판사가 보낸 대필 작가 앞에서 고인과의 추억을 장황하게 구술할 것이다. 작가의 죽음보다 더 극적이고 효과적인 홍보 전략은 없다. 생전의 고인을 생각하니 슬픔 위에서 웃음이 터졌다. 그래서 P가 나타났는데도 알아차리지 못했다. P는 걱정스러운 표정으로 괜찮으냐고 물었고 나는 식은 커피 한 모금으로 숨소리를 가라앉혔다.

MK가 돌아가셨다는 뉴스가 떴네.

나와 고인의 악연에 대해 잘 알고 있는 P는 내 옆에 조용히 앉더니 어깨에 팔을 올리며 잠시 흐느꼈다. 나는 그 카페 안에 앉아 있던 자들이 우리를 이상하게 쳐다보지 않도록 P의 팔을 걷어치우면서 마른 얼굴을 닦았다.

프랑스 신문 기사를 자동 번역했더니 슬픔까지 휘발해버렸어. MK가 이 기사를 읽었다면 신문사에 항의했을 게 분명해.

머쓱해진 P는 커피 한 잔을 주문하고 다시 자리로 돌아왔다.

프랑스어를 전혀 모르는 저도 부고를 이렇게 쓰진 않았을 것 같아요. 고인이 왜 평생 번역에 천착했는지 새삼 수긍되는군요.

나의 제자이자 일본어 번역가인 P는 십여 년 전 자신의 오피스텔에다 출판사를 차리고 국내 작가들의 작품을 번역해 해외에 판매하기 시작했다. 흥미로는 사실은 그녀가 출판사의 사장이자 유일한 직원이고 영어와 일본어밖에 구사할 수 없는데도 한 달에 서른 권이 넘는, 게다가 문학뿐만 아니라 과학이나 경제와 관련된 작품들까지 다섯 가지의 언어―전 세계에서 가장 많이 사용되는 영어와 스페인어, 프랑스어, 아랍어, 일본어를 선정했다고 말했는데, 사용 인구로만 따지자면 중국어나 힌디어가 일본어를 대체해야 했으나 자신의 전공을 포기할 순 없었다. 그런데도 호사가들은 P가 자기 스승의 체면을 고려한 결과라고 쑥덕였다―로 각각 번역해 출간한다는 것이다. P는 SNS를 통해 전 세계 아마추어 작가들에게서 원고를 모집했다. 판매 실적에 따라 원고료를 추후 지급하기로 계약하면서 출판사에 훨씬 유리한 조항을 붙여넣었다. 중형 자동차 한 대 가격의 컴퓨터 프로그램으로 책 한 권을 번역하는 데는 십 분도 채 걸리지 않았다. 그러고는 저작권에 묶여 있지 않은 이미지를 인터넷에서 찾아 표지를 붙이고 전자책으로 출간해 세계 최대의 인터넷 쇼핑몰에 등록했다. 등록한 지 한 시간 뒤부터 전 세계로 판매할 수 있었다. P는 자신이 출간한 책들에 대해 특별히 홍보하지 않는 대신—작가에게도 상품이 게시된 인터넷 주소만을 알려줬을 뿐이다— 출간 후에 한 달 동안 오문이나 오탈자를 발견해서 연락하는 독자들에게 한 단어당 이십 센트, 한 문장에는 일 달러씩 지급하겠다는 문구만을 책 앞표지에 적어 넣었다— 뒷면에 적어 넣지 않은 까닭은 번역의 불완전함을 스스로 인정했기 때문이다—. 그러자 전 세계에서 독자들의 메일이 답지했고 P는 이미 수정한 내용이라도 사례했다. 약속했던 한 달이 지나면 현지의 언어로 완벽하게 교정된 개정판을 발간하고 감수에 참여한 자들의 이름을 책 뒷면에 표기해주었다. 이런 제작 방식이 널리 알려지자 P가 발행하는 책은 출간 즉시 베스트셀러로 등극했고—교정판은 초판보다 훨씬 덜 팔렸다—그녀에게 원고를 보내오는 작가들은 하루에도 백 명을 훌쩍 넘었다. 개중엔 이름만 대면 누구나 알 수 있는 유명 작가들도 섞여 있었는데, 그들은 불미스러운 사건으로 자국의 문단에서 파문당한 뒤로 외국 출판사에 구애를 보냈다. 자신의 원고를 필리핀어로 번역해 P의 환심을 사려는 자들도 많았다. 항간에는 그녀가 자신이 출간한 책들을 베스트셀러로 만들려고 일부러 일정량의 오문과 오탈자를 책 속에 숨겨놓는다는 소문까지 돌았다. 그녀는 경쟁자들이 자신의 사업 방식을 따라 하지 못하도록 국제 특허권을 획득한 뒤 경고문을 모든 책 앞표지에 추가했다. 타인의 책을 읽지 않는 시대에도 자신의 책을 출간하고 싶은 자들의 허영심을 적절히 자극한 덕분에 P는 출판 사업을 시작한 지 삼 년 만에 마닐라 한복판의 오 층짜리 건물을 현금으로 구입하고 어른 키보다 큰 네온사인 간판을 달았다. 전 세계 작가와 독자의 이메일 문의에 대응하는 직원, 판매와 자금을 담당하는 직원, 사무용품과 건물을 관리하는 직원, 그리고 P의 일정을 챙기는 직원을 새로 고용했을 뿐만 아니라, 개정판을 출간하기에 앞서 최종 원고를 검토해줄 자문단—다섯 개의 언어 이외에도 독일어와 러시아어 번역자가 추가됐다—까지 구성했다. 나중엔 자문단의 추천을 받은 해외 작가들과 계약한 뒤 국내 유수 출판사에 판권을 되파는 사업도 추진했다. 체코 출신의 MK는 프랑스로 망명해서 프랑스어로 작품을 썼기 때문에 그의 원고는 프랑스어 전문가인 J에게 맡겨졌어야 했으나, P는 나에게 MK를 전담시키면서 J에게는 이렇게 말했다.

전 세계 번역가들 사이에서 악명 높은 MK는 오직 자신이 감수한 프랑스어 판본만이 유일무이한 원본이라고 선언했지만, 망명한 뒤로 배우기 시작한 그의 프랑스어 실력이 발자크의 수준에 한참 미치지 못했으니, 그가 모국어로 쓴 작품을 직접 번역하는 게 유리하다고 판단했죠. 그런데 유감스럽게도 체코어의 권위자들은 이 나라에 한 명도 없고 일본에만 두어 명 있으니, 그들이 일본어로 번역한 책을 중역重譯할 수밖에. 게다가 B 선생님은 MK에게서 자신의 작품을 번역하는 방법까지 직접 배우셨으니, 예외적 상황을 인정할 수밖에 없었습니다. 그렇다고 너무 섭섭해하진 마세요. 프랑스에는 독자보다 작가의 숫자가 훨씬 많으니까요.

하지만 J는 P의 설명에 전혀 수긍하지 않았다. 그리

고 기어이 세상에서 가장 비열하지만 제법 효과적인 방법, 즉 사적 영역에서 흘러나온 소문을 흉포한 무기처럼 활용하기 시작했다. 출판사를 차려 큰돈을 벌기 전까지 P는 나와의 친분을 앞세워 출판사로부터 번역 일감을 꾸준히 챙기면서 대학교의 전임강사 자리를 노리고 있었고, 자신에게 불리한 소문이 돌 때마다 진원지를 찾아내어 상황을 진정시키려고 애썼다. 하지만 출판 사업의 대성공으로 재물과 명예를 얻게 된 뒤로는 주변의 눈치를 보지 않고 오히려 공세를 강화했다. 그래서 P는 J를 비롯한 자문단이 모두 참석한 술자리에서 나와의 염문을 순순히 인정하면서도 그런 오해는 스승과 제자 사이에서 흔히 발생하는 클리셰에 불과하며 퇴폐적인 일본 문학의 후광 때문에 지나치게 과장된 것 같다고 반박했다. 그러면서 프랑스인들은 자국의 문학보다 얼마나 더 퇴폐적인 삶을 살고 있는지, 그런데도 얼마나 위선적이고 오만하게 행동하는지 지적하면서 J를 당혹스럽게 만들었다. P와 J는 세 살 터울이었으므로 만약 J가 충분히 매력적이었다면 P는 프랑스인처럼 J를 대했겠지만 유감스럽게도 그에게서 성적 호기심을 느끼지 못했다는 뜻으로 참석자들은 해석했다. 사제 관계나 일본 문학의 후광이 없었다면 나 또한 자신의 연애 대상으로서 자격 미달이었다는 말로도 들렸다. J는 수치심을 억누르지 못해 술자리를 박찼고—자문단을 그만두겠다고는 선언하지 않았다— 그를 붙잡기 위해 일어서려는 나를 P가 강제로 자리에 앉혔다. 어색한 침묵이 흐르는 동안 조용히 술잔을 채우고 비우던 참석자 중 하나가 P의 부적절한 처신에 항의하기 위해, MK가 자신의 책에 공개적으로 나를 비난했던 대목을 모두에게 기억시키고 말았다. 내가 분노로 끓어오르고 있을 때 P는 나를 대신해, 변방의 언어를 사용하던 MK에게 세계적인 명성을 가져다준 일등 공신은 전 세계의 번역가들이라고 주장했다. 결국 술자리는 입에 담을 수 없는 욕설과 저주로 엉망이 됐고, 나와 P는 그곳에서 어떻게 빠져나올 수 있었는지 기억하지 못한 채 다음 날 아침 모텔의 침대 위에서 함께 깨어났다.

MK가 자신의 등에 나를 강제로 태우고 달리기 시작하면서 나는 결코 상상하지 못한 상황에 수시로 빠져들었다—정작 경주마는 나이고 MK가 기수인데, 기수가 경주마를 업고 달리는 것과 같았다—. 삼십여 년 전 나는 일본에서 대학을 마치고 귀국했으나 변변찮은 학력과 경력 때문에 마땅한 직업을 구하지 못한 채 번역 일로 생계를 해결하고 있었는데, 프랑스로 망명한 MK의 다섯 번째 장편소설이 국내에 번역돼 큰 인기를 얻기 시작했다. 이미 수년 전에 일본 독자를 만난 작품이 그때까지도 국내에 알려지지 않은 까닭은, 중역을 죄악시하고 있는 국내 출판사들이 유능한 체코어 번역자가 등장하기 전까지 그 책을 모른 척하기로 담합했기 때문이었다—보이콧과 다름없었다—. 그 사실을 전혀 알지 못했던 나는 MK의 일본어판 소설을 번역해 국내 출판을 타진했고, 저작권을 무시한 채 해적판을 유통하고 있지만 문학적 가치가 뛰어난 작품을 직접 발굴하고 싶은 출판사 사장과 간신히 연결될 수 있었다. 비범한 심미안과 사명감을 지닌 그는 자신의 갑작스러운 횡재에 감격했다. 하지만 책이 출간되기 직전까지도 MK와의 계약을 마무리했다고 내게 거짓말을 했다가 베스트셀러로 등극한 뒤에야 부리나케 판권을 확보했다. 나는 MK의 다른 작품들도 번역해 국내 독자들에게 소개했으나 이전의 인기를 뛰어넘지 못했다. 국내의 프랑스어 번역가들은 나의 어설픈 번역이 MK의 명예를 크게 훼손됐다고 주장했으나, 나는 일본어 판본을 제공한 번역가에게 비난의 화살을 돌리지 않았다. 그 대신 적과의 논쟁을 애써 피하지 않고, 체코어 원본을 이해하려면 부득이 프랑스어나 일본어를 촉매로 사용해야 하는 이상 각각 언어와 문화의 특성 때문이라도 번역물은 절대로 원본과 똑같을 수 없다는 의견을 고수했다. 그랬더니 문단 안팎으로 이름이 알려지기 시작했고, 언론 앞에 거의 나타나지 않는 MK를 대신해 각종 강연회와 인터뷰에 참여했다가 대학교수 자리까지 오르게 됐다. 뒤늦게 완성한 박사 논문의 주제 역시 MK의 작품과 인생에 관한 것이었다. 하지만 호사다마好事多魔의 함정을 매번 피할 수는 없는 노릇이어서, 코로나의 갑작스러운 침공으로 가족 사이의 비밀 공간이 파괴되자 아내는 P와의 불륜 사실을 알아챘고 위자료를 두둑이 챙겨 떠났다. 개인의 자유연애와 직업윤리는 아무런 연관도 없었으나, 사제 간 염문은 성적으로 열등한 교수가 어쭙잖은 권력을 부당하게 행사해 어린 제자의 미래를 착취했다는 비난을 불러일으켰고, 취업 규칙 위반을 지적한 학교 측에게 퇴직금과 연금을 빼앗기지 않으려면 자진해서 사직하는 게 낫겠다는 변호사의 충고를 받아들였다. 그래도 내가 여전히

MK를 비롯한 유명 작가들의 신작을 꾸준히 번역하면서 전직 교수로서의 위신을 유지할 수 있었던 건 모두 P의 세심한 배려 덕분이었다. P는 내가 이혼한 뒤에 여러 작가나 교수와 위험한 연애를 즐겼으나 신기하게도 남편과는 이혼하지 않았다. 오히려 파국의 위기가 찾아올 때마다 P의 남편은 순진한 피해자인 양 아내를 감쌌는데, 어쩌면 자신의 기대에 걸맞은 위자료를 챙기려면 좀 더 인내해야 한다고 판단했는지도 몰랐다. 그는 내가 번역한 MK의 이 유명한 문장을 기억하고 있을 수도 있다.

"나는 그를 반드시 증오해야만 한다는 것을 어떻게 설명할 것인가?"[5]

프랑스에 정착한 MK는 모국어를 버리고 프랑스어로 자아와 세계를 이해하려고 노력했다. 그런데 정작 그가 천착한 작업은 새로운 작품을 완성하는 것보다, 이전에 발표한 작품이 제대로 번역돼 전 세계에 유통되고 있는지 확인하는 것이었다. 그는 프랑스어 판본과 일치하지 않는 번역물을 열거하며 출판사와 번역가를 공개

---

[5] 밀란 쿤데라, 『농담』, 방미경 옮김, 민음사, 2011, 457쪽.

적으로 힐난했다. MK는 그것이 전 세계 독자들에게 최소한의 경의를 표현하는 방법이라고 주장했지만, 사회주의 체제의 검열과 언론의 부자유를 피해 자유세계로 망명한 작가가 옛 체제의 향수에 잠겨 있다는 비난을 받기도 했다. 노벨 문학상의 유력한 후보로 주목받자, MK는 작은 실수나 오해가 일으킬 수 있는 결과에 강박적으로 집착했고 그의 불행한 이력에 대한 동정론이 뒤따랐다. MK에게 번역가는 새로운 세계에 다리를 놓는 건축가가 아니라 이미 존재하는 세계로 드나드는 문 앞의 사무원에 불과했다. 새로운 환경과 언어에 아직 적응하지 못했다는 사실을 수줍게 고백하려는 듯 그가 프랑스 망명 이후 처음 발표한 작품은 소설이 아니라 에세이였다. 전 세계 독자들이 간절하게 기다렸던 책인 만큼 반년 뒤에 그것은 오십여 개 국가에서 출간돼 단숨에 베스트셀러 자리에 올랐다. 국내 유명 출판사가 역대 최고액으로 판권을 구입해 프랑스어 교수에게 번역을 맡길 때까지도 국내 최고의 MK 권위자인 나는 그 사실을 알아차리지 못하고 있다가 서점에서 신작을 발견한 뒤에야 비로소 큰 충격을 받았다. 프랑스로 유학을 떠나는 학생들의 숫자가 늘고 있었기 때문에, MK가 계속해서 프랑스어로 창작한다면 나의 권위가 해체되는 건 시간 문제였다. 게다가 그 책에서 이런 대목을 읽고 나니 아찔해져서 자리에 주저앉고 말았다.

"다른 나라에서 내 소설을 번역한 사람을 만나 보았다. 그는 체코어라고는 한마디도 알지 못했다. '그런데 어떻게 번역을 했나요?' 그는 대답했다. '마음으로요.' 그러면서 그는 지갑에서 내 사진을 꺼내 보여주었다. 그가 하도 정감적이어서 하마터면 마음의 텔레파시만으로도 번역을 할 수 있을 거라고 생각할 뻔했다. 물론 사정은 아주 간단했다. 그는 프랑스어판을 놓고 중역重譯을 했던 것이다. 아르헨티나에서의 번역도 이런 식이었다. 다른 어느 나라에서 번역된 것은 체코어를 직접 옮긴 것이었다."[6]

MK가 전 세계 독자들 앞에서 웃음거리로 만든 번역가는 바로 나였다. 프랑스에서 처음 만났을 때 나는 그의 젊은 시절 사진을 건네며 서명을 부탁했다. 그건 내가 준비한 게 아니라, 그를 존경해 마지않는 동료 번역가가 내게 맡긴 것이었다. 나는 체코어나 프랑스어를 전혀 구사

---

6) 밀란 쿤데라, 『소설의 기술』, 권오룡 옮김, 민음사, 2013, 171쪽.

하지 못하기 때문에 사진 속에 담긴 사연을 제대로 설명하지 못한 채 멋쩍게 웃었다. 영어를 알아듣는 프랑스 통역가의 도움을 받았지만, MK는 내 말을 곧이곧대로 믿지 않는 것 같았다. '마음으로 번역한다'는 뜻이 아니라 '정성을 다해 번역한다'는 뜻이었는데, 프랑스어 통역가가 잘못 전달했거나 MK가 잘못 알아들었을 따름이다. 그런데도 그는 자신의 우월적 지위를 내세워 전 세계 독자들에게 나를 공개적으로 모욕했다. 나는 MK에게 법적 대응을 알리는 편지를 보내고 싶었으나 그와 P의 후광을 잃게 될까 봐 두려워 선뜻 나서지 못했다. 그와 함께 매년 노벨 문학상 후보로 거론되는 일본 작가의 작품을 전담하게 되면서, 엉터리 프랑스어를 사용하는 외국 작가를 거들떠볼 수 없을 만큼 바빠졌다고 주변에 둘러대는 게 내가 MK에게 복수하는 방법이었다.

에세이의 인기가 지구 끝에 이르러 소멸하고 있을 무렵 MK는 마침내 프랑스어로 쓴 소설을 발표했다. 하지만 체코어로 완성했던 소설에 비교해 문장은 모호하고 내용은 사변적이어서 마치 밀교의 경전 같았다. MK는 적어도 프랑스 번역가들과는 다툴 필요가 없어서 너무 다행이라는 소감을 언론에 남겼다. 프랑스 독자들의 반응은 대체로 호의적이었지만 평론가들은 실망감을 애써 감추지 않았다. 프랑스 밖에선 독자들과 평론가들의 호평에 힘입어 여러 문학상을 독식했다. 하지만 이 년 뒤에 두 번째 프랑스어 소설이 발간됐을 땐 프랑스 독자들마저 MK의 미래를 걱정하지 않을 수 없었다. 그는 여전히 노벨 문학상 후보로 거론되고 있었으나 무명의 유럽 작가가 수상하는 걸 보고 독자들이나 평론가들은 MK가 자신의 모국어를 사용해서라도 괴물적 고결함을 회복해주길 희망했다. 인기를 만회하기 위해 MK는 새로운 작품을 체코어로 쓰려고 궁리했지만, 그와 전속 계약을 맺은 프랑스 출판사의 반대로 뜻을 이룰 수 없었다. 프랑스어를 해독할 수 있는 독자가 체코어 독자보다 훨씬 많은 데다가 프랑스어 번역가들이 전 세계에 골고루 분포해 있어서 프랑스어로 작성된 원본이 작품 판매나 문학상 수상에 유리하다고 작가를 설득했다—하지만 작품의 판매 실적이 자신의 기대에 못 미치자, 출판사 사장은 체코어로 원고를 작성하되 이를 외부에 알리지 않은 채 프랑스어로 번역한 뒤 출간하자고 제안했지만, MK는 번역의 오류를 걱정해 거절했다. 나중엔 체코어만으로 더 이상 생각하거나 말할 수 없게 됐다는 사실을 인정했다—. 그러면서 시험 삼아 당분간 소설보다는 시나리오나 시를 써보는 게 좋겠다고 충고했는데, 소설을 계속 쓰기 위해 목숨을 걸고 프랑스로 망명한 MK는 자존심을 크게 상했다. 오기가 발동한 그는 발자크와 프루스트 작품에 밑줄을 그어가면서 프랑스식 표현법을 연구하는 한편, 체코어로 완성한 초기 작품들을 자신이 직접 프랑스어로 번역하기 시작했다. 시간을 제법 쏟은 뒤에도 만족스러운 결과를 얻지 못한 MK는 자신이 겪고 있는 고통이 번역가들의 무능력과 뻔뻔함 때문이라고 생각하기에 이르렀다. 그래서 그는 전 세계에서 팔리고 있는 자신의 책들을 수집하고 중요 부분의 문장을 원문과 대조한 뒤 자신이 직접 교육해야 할 번역가들 여덟 명의 명단을 작성했다. 그리고 자신의 전속 출판사를 통해 그들을 나흘 동안의 워크숍에 초대했다. 참석자들은 왕복 항공권 비용만 부담하고 그 밖의 체류비를 프랑스 출판사로부터 지원받았다—이런 결정을 내리기에 앞서 출판사는 MK에게서 신간 홍보를 위해 일 년 안에 삼십 일 이상 해외 체류를 감내하겠다는 각서를 받아냈다—. 여덟 명의 참석자 명단에 포함된 나는 초대장 속에 숨겨져 있는 의미는 전혀 의심하지 않은 채, 프랑스 망명 이후로 이십 년째 시골에서 은둔하고 있는 작가를 아시아 번역가 중에서 최초로 만날 수 있게 된 행운에 환호했다. 참석자들은 워크숍 관련 소식을 누구에게도 절대 말하지 않겠다고 맹세했으나, 나는 슬김에 그 사실을 지인 몇 명에게 흘렸고 며칠 지나지 않아 문단 전체에 알려지고 말았다. 프랑스 번역가들은 자신들이 선택되지 못한 이유를 알아내기 위해 프랑스 내 인맥을 총동원했으나 아무것도 알아내지 못했다. 일찌감치 시기심을 거둔 번역가가 나에게 찾아와 젊은 MK의 사진을 건네면서 자신의 우상에게 친필 서명을 받아달라고 부탁했다. 나는 한껏 우쭐해져서 그가 MK에게 묻고 싶은 질문까지 수첩에 꼼꼼하게 기록했다. 그리고 출판사 몇 군데에 은밀히 연락해서 MK와의 대담집을 출간하는 데 필요한 조건들을 확인했다. 흡족할 만큼의 계약금을 챙긴 나는 워크숍 시작일보다 사흘 앞서 파리에 도착했다.

이틀 동안 파리에서 나는 MK에게 줄 선물을 사고 대담집에 실을 질문을 정리하면서 휴식했다. 워크숍이 예정된 렌Rennes 지역까지는 기차를 타고 이동했다. 목적지가 가까워지자, MK와 프랑스로 대화할 수 없다는 사실이 점점 걱정됐다. 일본어를 전공한 내가 어떻게 그의 작품을 전담해 번역하게 됐는지—일본에서 그의 책을 처음 발견한 내가 얼마나 감격했는지, 그걸 필리핀 독자들에게 알리기 위해 얼마나 노력했는지, 그리고 필리핀 번역가들이 접근할 수 없는 언어가 체코어를 포함해서 얼마나 많은지— 직접 설명하고 싶었다. 그래서 부끄러운 줄도 모른 채 영어와 일어가 가능한 통역사를 요구했던 것인데 워크숍 주최 측은 흔쾌히 받아들였다—좀 더 명민했더라면 그 워크숍의 진짜 목적을 눈치챘을 수도 있었다—. 기차역에 도착했을 때 내 이름이 적힌 푯말을 들고 있는 여자를 만났다. 그녀는 자신을 출판사 편집자로 소개했고 비슷한 시간에 도착하는 손님 두 명을 자신의 승용차에 더 태워서 호텔로 이동했다. 호텔 로비에 들어서자, 소파에 앉아 있던 남자—일요일 저녁 시간인데도 모자와 하얀 구두를 신고 있었다—가 우리에게 다가와 프랑스어로 반갑게 인사했다. 나이에 비해 부드럽고 따뜻한 손을 마주 잡는 순간 나는 그가 MK라는 사실을 알아차리고 모국어로 소리를 지르고 말았다.

MK는 놀라서 뒤로 한 발짝 물러났고, 우리를 데리고 온 출판사 직원이 표독스러운 표정으로 나를 쩨려봤다.

그래도 인사 정도는 프랑스어로 하실 수 있는 거죠?

이 말을 프랑스어로 말했다가 다시 영어로 통역했다. 나는 비굴하게 고개를 연신 끄덕이며, '만나 뵙게 되어 너무 영광입니다'라는 문장을 프랑스어로 중얼거렸다—나중에 나는, MK의 작품에 등장하는 인물 중 누구도 처음 만나는 자에게 그렇게 인사하지 않기 때문에 나 역시 그렇게 하겠다고 고집 피우지 않은 걸 후회했다—. MK는 공허한 표정으로 내게 악수한 뒤 바지에 손을 닦았다. 그러고는 다른 참석자들과도 건성으로 인사한 뒤 출판사 직원을 따라 호텔을 떠났다. 엘리베이터 속에 격리되자 우리 일행 중 누군가가 영어로 속삭였다.

MK가 왜 모자를 쓰고 외출하는지 알고 계시죠? 소문이 사실이었군요.

오로지 나만 그 이유를 모르는 것 같았지만 애써 아는 척하며 수모를 피했다. 우여곡절 끝에 워크숍을 마치고 공항 출국장을 들어서기에 앞서 나는 출판사 직원에게 MK의 모자에 관해 물었고—"그런 사연이 MK의 책에서 실린 적이 있었나요?"— 그녀는 한참 동안 생각하더니, MK를 매일 감시하던 체코의 비밀경찰이 그의 장발과 관련해 추잡한 소문을 만들어 퍼뜨리자 이를 부인하기 위해 그는 망명 직전까지 삭발한 채 지냈다고 대답했다. 프랑스에 건너온 뒤에도 머리카락을 기르지 않고 거의 모든 자리에 야구 모자를 쓰고 나타나면서, 가뜩이나 미국의 저급 문화 때문에 전통이 파괴되고 있다고 걱정하는 프랑스인들의 원성을 사고 있다고 귀띔했다. 나는 MK와의 계약을 독점한 출판사의 직원이 그의 습관을 조롱하는 것 역시 프랑스 전통은 아닐 것 같다고 지분거렸고, 그 직원은 잠시 숨을 가다듬더니 작품뿐만 아니라 작가의 이력과 근황까지 확인하는 게 번역가의 기본 소양이라고 반박했다. 비행기 안에서 맥주를 마시다가 나는 마침내, MK가 자신의 소설에 등장하는 주인공의 입을 빌려 체코인들은 비밀경찰의 문서 안에서 불멸한다고 푸념했던 사실을 기억해내고 출판사 직원에게 미안해졌다. MK는 수치스러운 형벌을 선고받고 온종일 하늘을 떠받들고 있어야 하는 아틀라스를 흉내 내고 있는지도 몰랐다.

워크숍이 시작되기 직전에 여덟 명의 참석자에게는

각각 통역용 무선 송수신기가 지급됐다. 사용자들은 영어와 중국어, 아랍어 채널을 선택할 수 있었으나 서로의 눈치를 살피더니 모두 영어를 선택했다. 행사를 준비한 출판사 사장이 프랑스어로 모두冒頭 발언을 했고 영어 통역이 뒤따랐다. 그는 참석자를 중요한 파트너라고 표현했다. 설립된 지 칠십 년이 넘은 자신의 출판사는 편집자와 번역가의 자율성을 최대한 존중하지만, 작가의 당연한 권리와 충돌하지 않도록 세심하게 조율하고 있다고 설명했다. 이십여 년 동안 출판사를 운영하면서 이런 워크숍을 주최하기는 처음이라는 말로, MK의 난처한 요청을 거부할 수 없었던 자신의 처지를 간접적으로 한탄했다. 그러면서도 프랑스어 판본이 MK의 유일한 원본이 돼야 한다는 사실을 다시 한번 강조했다. 그가 연단에서 내려갈 때쯤 나는 참석자들 사이에서 공통점을 발견했다. 우리는 모두 프랑스어 전공의 번역가가 아니었고 MK의 작품을 각자 다른 언어를 통해 중역하고 있었다—우리는 라틴어와 뿌리가 닿지 않는 세계에서 자랐기 때문에 저절로 프랑스어를 이해할 수 없는 대신 영어를 세계 공용어로 배웠고, 모든 외국인이 영어를 유창하게 구사할 수 있다고 믿었다가 성인이 된 뒤에야 비로소 영어보다 더 매력적인 외국어를 발견했다. 하지만 그땐 이미 편견이 너무 많고 호기심은 너무 적었다—. 프랑스어로 작품을 쓰는 작가의 전담 번역가가 정작 프랑스어를 전혀 구사하지 못한다는 사실이 드러났으니 너무 부끄러워서라도 앞다퉈 회의장을 뛰쳐나갈 것 같은데, 참석자들은 자부심으로 한껏 상기된 채 의자에 앉아 꼼짝하지 않았다. 어쩌면 나를 제외한 그들은 자신들이 왜 이곳으로 왔는지 잘 알고 있고 MK의 신작을 번역하기로 출판사와 이미 계약을 마쳤는지도 몰랐다. MK가 강단에 올라오자, 환호와 스마트폰 플래시가 곳곳에서 터졌다. 당황한 MK는 출판사의 허락 없이 자신의 사진을 사용할 수 없다고 프랑스어로 단호하게 말했고, 통역사가 영어로 위협하듯 소리쳤다, 참석자들이 프랑스어를 전혀 알아듣지 못한다는 사실을 확인한 MK는 워크숍 내내 체코어를 사용했고, 출판사는 급히 통역사를 바꿔야 했다.

 당신의 나라엔 롱괴르와 치환될 단어가 없다는 말인가요? 세상에나. 이 단어는 이 작품에서 아주 중요한 단어이기 때문에 당신처럼 풀어 쓰면 절대 안 돼요. 차라리 프랑스어로 소리 나는 대로 옮겨주세요. 대신 암호나 열쇠로 작동하도록 각주를 생략해주세요.

어떤 나라의 대통령은 제 작품이 자국에서 번역 출간된 사실을 두고 민주주의가 회복된 명백한 치적이라고 자랑했다죠. 하지만 그건 최근에 자신이 벌인 학살을 감추기 위한 프로파간다에 불과해요. 저는 그 나라의 어떤 출판사와도 계약한 적 없고, 그 독재자가 처벌될 때까지는 뜻을 굽히지도 않을 겁니다. 그곳에서 거래된다는 해적판을 구해서 읽어보고 싶군요. 제 작품을 번역한 게 아니라 제 이름만을 도용했을 게 틀림없어요. 왜냐하면 제 작품을 제대로 번역하려면 체코나 프랑스에 대한 정보가 많이 필요할 텐데, 그 독재자가 군림하는 반세기 동안 그곳의 국민은 세계사를 전혀 배우지 못했기 때문이죠.

원본과 번역본 사이의 간극을 줄이기 위해 저는 증쇄할 때마다 원고를 수정하고 있지만, 전 세계 번역가들을 괴롭히지 말아달라는 출판사 측의 간곡한 부탁에 매번 타협하고 있답니다. 하긴 현재의 프랑스에는 당장이라도 노벨 문학상을 받을 수 있는 작가가 최소한 네 명이 있는데, 그들이 개정판을 거의 발표하지 않는 까닭도 나태함이나 오만함 때문은 아닐 겁니다. 오히려 친절함이나 사려 깊음과 관련 있겠죠.

작가는 흥미진진한 이야기를 만드는 것만큼이나 그걸 언어의 장벽 너머로 옮기는 데에도 정력을 쏟아야 합니다. 모든 이야기는 이미 오래전부터 어디에나 있었고, 단지 그걸 전달하는 방법을 몰랐던 것뿐이죠.

당신이 모국어로 번역한 이 문장을 영어로 번역해 저 통역사 앞에서 읽어주시겠어요?

"육체적 사랑이 영혼의 사랑과 한데 섞이는 일은 지극히 드문 일이다. 한 육체가(아득한 옛날부터의, 보편적이고 변하지 않는 그 움직임으로) 다른 육체와 결합하는 동안 영혼은 무엇을 하는 것일까? 그동안 영혼이 만들어내는—그렇게 해서 육체적 삶의 단조로움에 대한 자신의 우월성을 확실하게 하면서— 그 온갖 생각들이라니! 영혼은 또 한데 얽힌 두 육체보다도 천 배는 더 관능적인 상상의 구실로서만 (타인의 육체인 듯) 소용되는 자신의 육체에 대해 얼마만 한 경멸이 가능한가! 아니면 그 반대이든가. 즉 영혼은 육체가 시계추처럼 왔다 갔다 하는 그 반복 운동을 하도록 그저 내던져두면서 육체의 가치를 떨어뜨리고 자신은 (쉽게 변하는 육체의 쾌락에

벌써 싫증을 느끼며) 자기만의 생각과 더불어 멀리 사라져버리는 데 얼마나 능숙한가! 저 멀리 체스판으로, 어떤 점심 식사의 기억으로, 또는 어떤 책으로."[7]

체코에서 완성했으나 아직 세상에 발표하지 않은 소설 한 편을 저는 지금 다섯 가지의 언어로 번역하고 있어요. 서른 살쯤에 프랑스로 망명했더라면 서너 개의 언어를 더 배울 수도 있었을 텐데. 특히 아랍어와 중국어를 배우지 못한 건 너무도 안타까워요. 물론 그랬더라도 세상의 모든 번역가를 여전히 존경했을 겁니다. 이 년에 한 번씩 이런 워크숍을 열고 있는 것도 그런 이유에서랍니다. 이 행사 비용의 절반은 제가 부담하고 있죠. 벌써 세 번째 진행하는 행사인데도 눈에 띄는 성과를 거두지 못한 것 같아서 좀 허탈하네요. 특히 체코와 이웃하고 있는 나라의 번역가들은 정말 구제 불능이에요. 그들은 체코어를 알아듣지도 못하면서 체코인처럼 행동한답니다. 그래서 올해부터 그들을 초대하지 않기로 했어요.

제가 외국어 번역본에서 오류를 발견하는 즉시 출판

[7] 밀란 쿤데라, 『농담』, 329쪽.

사와 계약을 파기하고 작품을 전량 회수한다는 소문은 절반만 사실이에요. 대리인의 역할을 제대로 수행하지 못해 손해를 끼칠 경우 작가는 적법한 조처를 할 수 있다는 조항을 들이대면서 출판사 사장에게 항의한 적은 몇 번 있지만, 서점에 배포된 책까지 회수한 적은 단 한 번도 없습니다. 신간이 서점에 배포된 뒤로 출판 대행사를 바꾼 적도 딱 한 번뿐이에요. 제 노파심을 이해하는 독자들은 프랑스어판 신작을 구매해 직접 번역한다고도 들었습니다.

이 워크숍에 대한 최초 아이디어는 이스라엘 출신의 기자에게서 얻었답니다. 이스라엘 정부는 자신들에게 불리한 여론이 퍼져나가지 않도록 매년 전 세계의 외교관들과 기자들을 예루살렘으로 초청해 키부츠나 통곡의 벽 등을 둘러보게 한다더군요. 체류 비용 전액은 국가가 부담하고요. 언젠가 체코 정부도 전 세계 번역가들과 독자들을 프라하로 불러 모아서 위대한 체코 작가들의 유산을 자랑해주면 더 바랄 나위 없겠습니다. 물론 저는 그런 초대에 응할 생각이 없습니다만.

제 작품을 번역할 때는 적어도 제가 사용한 단어의 숫자와 구두점의 숫자만큼은 정확히 맞춰주세요. 그렇지 않으면 낭독의 리듬이 사라질 겁니다. 악보가 아닌 백지에 음악적 요소들을 배치하기 위해 오랫동안 고심했을 작가에게 최소한의 예의를 보여주셔야 합니다.

프랑스 번역가들은 반복되는 단어를 의도적으로 고쳐 쓰거나 생략하는 습관이 있는데, 저는 그런 무례를 극도로 혐오합니다. 저는 동의어라는 개념 자체를 인정하지 않아요. 설령 뜻이 비슷하더라도 음률과 음색이 다르다면 그것들은 절대로 대체될 수 없어요.

참석자들은 워크숍 동안 교정했던 내용을 모국에 돌아가자마자 개정판에 반영하기로 약속했다. 그리고 MK가 조만간 출간할 신간을 손에 들고 그와 사진을 찍었는데, 그것은 일종의 신원보증서 같은 것이어서 MK가 직접 검증한 자들에게만 번역을 맡기겠다는 의미로 해석될 수 있었다. 하지만 그 책의 판권은 그 뒤로 십여 년 동안 해외에 팔리지 않았다. 프랑스어판이 출간된 직후부터 진위 논쟁에 휘말렸기 때문이다. 프랑스 출판사는 MK가 체코에서 완성했으나 아직 발표하지 않은 원고에 대해 알게 됐다. 아직 체코에 생존해 있는 작가와 정치가의 실명이 작품에 등장하기 때문이라는 공개 시기를 늦추고 싶다는 답변이 작가에게서 돌아왔다. 출판사는 그를 노벨상 후보로 만들어준 두 명의 번역가를 붙여주겠다고 제안했다가 거절당했다. 그리고 이 년쯤 지나 프랑스어 원고를 우편으로 전달받았다. 명예 훼손이 걱정되는 내용을 모두 수정하고 자신이 전적으로 신뢰하는 자의 번역을 기다리느라 시간이 지체됐다는 내용의 편지가 동봉돼 있었다. 프랑스인이라면 절대 사용하지 않을 문장들을 발견한 편집장이 그 번역가의 정체를 물었을 때 MK는 그가 공산 시절 체코의 반체제 인사로 민주화 이후에도 여전히 수감 중인데 자신과 친분이 있는 교도소장의 묵인 아래 번역 작업을 진행했다고 귀띔해주었다. 서점에 신간이 등장하자 MK의 작품을 꾸준히 읽어온 평론가들은 또다시 번역의 오류를 지적하면서 정체불명의 번역가가 작가 자신이라고 주장했다. 출판사는 MK에게 해명을 요구했으나 적절한 대답을 듣지 못하자 신간을 회수했고 작가의 저서 목록에서도 삭제했다. 십여 년이 흐른 뒤 MK의 노벨 문학상 수상이 유력하다는 뉴스에 맞춰 체코어 원본이 공개되고 영어 번역본이 전 세계 서점에 일제히 배포되면서—프랑스 출판사는 MK의 다른 신작들을 외국에서 먼저 출간해 베스트셀러로 등극시킨 뒤 프랑스 독자들에게 공개하는 방식으로 큰돈을 벌고 있었다— 전 세계 독자들을 흥분시켰다. 하지만 유감스럽게도 나는 MK가 발급해준 신원보증서를 활용해 그걸 필리핀어로 번역하지 못했고, 국내 최대 출판사의 지원을 받은 프랑스어 번역가가 영광을 차지했다.

워크숍을 마치고 귀국한 뒤 반년 동안 나는 마치 수만 년 주기의 혜성을 우주에서 직접 목격한 사람처럼 감격과 자부심에 휩싸여 현실 감각을 회복하지 못했다. 소문을 듣고 불쑥 찾아온 선후배들에게 대담집으로 묶일 수 없는 이야기들을 들려주느라 혀가 닳을 정도였다. 나와의 친분을 유지하는 것이 경쟁자를 물리치고 MK의 신작 판권을 계약하는 데 유리하다고 확신한 출판사들이 앞다퉈 나에게 번역과 강연을 제안해 왔다. 더욱이 MK와 관련된 저작물이 프랑스보다 일본에서 더욱 많이 제작됐기 때문에 나의 명성은 더욱 단단해질 수밖에 없었다. 영국의 도박사들이 MK의 노벨 문학상 수상 확률을 예년보다 높게 예상할 때마다 나는 국내의 여러 언론사와 인터뷰를 해야 했고, 노벨상 수상이 확정되는 즉시 책 표지에 MK의 얼굴과 노벨상 사진이 나란히 인쇄될 개정판을 검토해야 했다. 워크숍에서 MK가 직접 감수한 부분은 굵은 서체로 처리하고 각주를 달 작정이었다. 그러고 나서 책 뒤쪽에 MK와 함께 찍은 사진을 추가한다면 자연스럽게 신작까지 광고할 수 있을 것 같았다. 하지만 MK의 수상은 매번 불발됐고 출판사는 개정판 출간을 보류했다. MK의 낙선 이유 중에 가장 그럴듯한 소문은, 그가 공산 체코 시절에 비밀경찰의 끄나풀로 활동했다는 문서가 발견되면서 한림원이 그를 수상 후보에서 영구히 제명했다는 것이다. 한림원 위원들과 친분이 깊은 프랑스 평론가들이 MK를 적극적으로 후원하지 않은 것도 중요 원인으로 보도됐다. MK가 번역과 출판 과정에 지나치게 간섭한다는 악명도 부정적으로 작용했을지 모른다. 국내의 프랑스어 번역가들 또한 MK의 작품이 일본어 번역본을 중역해서 배포되는 현실을 신랄하게 성토했다. 한림원 위원들이 내가 번역한 MK의 책들을 읽은 게 아닌데도, 국내 독자들의 무관심과 몰이해가 MK의 노벨상 수상을 방해했다는 논리로 나를 괴롭히기까지 했다. 결국 MK가 주관한 워크숍의 목적과 대상자 선정 방법까지 알려지면서 나는 더 이상 MK의 권위자로서 활동할 수 없게 됐다. 그래도 나는 MK 덕분에 대학교수로 임명됐고 매년 서너 권 이상의 일본어 번역서를 꾸준히 내고 있으므로—노벨 문학상 후보에게 직접 배운 작문과 윤문 방식을 똑똑하게 기억한다— 홍위병의 광기 속에서 생계를 걱정할 필요는 없었다. 그래서 나는 나의 실패가 MK에 대한 멸시로 이어지지 않길 바랐다.

내가 이미 국내에 소개한 MK의 작품들이 프랑스어 번역가들에 의해 새롭게 출간됐다. 나는 물론이고 나와 계약했던 출판사까지도 이 사실을 사전에 알지 못했다. 이런 상황이 가능했던 까닭은 MK의 판권을 독점하고 있던 프랑스 출판사가 작가의 요구에 따라 예닐곱 개 국가에서 신규 출판사와 계약을 갱신했기 때문이다. 계약 파기를 일방적으로 통보받은 해외 출판사들은—적법한 계약 없이 해적판을 유통하고 있던 출판사들은 제대로 항의할 수 없었다— 강력히 반발했지만, 명예훼손과 금전적 손실을 이유로 법적 소송까지 각오한 작가를 진정시키는 방법이 달리 없었다는 프랑스 출판사의 설명에 수긍해야 했다. 계약 기간이 남은 해외 출판사엔

소정의 위약금이 지급됐다. 전후 사정을 확인한 출판업자들은 프랑스 출판사가 MK의 노벨상 수상 실패를 해외 번역가 탓으로 돌리려 한다고 의심했는데, 전 세계의 독자와 평론가가 열광하고 있는 작품을 스웨덴 한림원이 외면하긴 어렵다는 논리였다—실제로 위대한 작가들을 보유하고 있던 국가의 독재자들이 한림원을 압박하기 위해 동원했던 네 가지 방법은 다음과 같다. 첫째, 막대한 세금으로 자국 작가들의 책을 사들여 베스트셀러의 명성을 오랫동안 유지했다. 둘째, 노벨상보다 훨씬 많은 상금이 걸린 문학상을 만들고 세계적인 작가들을 심사위원으로 위촉한 뒤 자국의 작가에게 대상을 수여하도록 압박했다. 셋째, 자국 작가를 선양하는 문학관이나 박물관을 짓고 외국 작가나 평론가를 주기적으로 초청해 세미나를 열었다. 넷째, 문제적 작품들을 금서로 지정하고 작가를 해외로 추방했다. 하지만 한림원이 이런 전략에 굴복해 수상자의 이름을 바꾼 건 고작 두 번뿐이었는데, 두 차례의 세계대전 이후 절망해 있는 인류에게 고뇌보다 위안을 제공해줄 필요가 있다고 판단해 킬링타임용 작품을 수상작으로 선정했다—. 새로 출간한 작품은 각국의 문화와 언어 습관에 어울리도록 번역됐다. 심지어 가독성을 위해 필요하다면 중역까지도 문제 삼지 않았다. 유연해진 번역 가이드는 계약서에 담기지 않고 구두로만 전달됐으며 작가에겐 결코 발설해선 안 됐다. 개정판이 해외에서 날개 돋친 듯 팔리고 있다는 소식에 프랑스의 독자들과 평론가들도 덩달아 흥분했다. MK는 더 이상 번역에 대한 자신의 강박을 공개적으로 드러내지 않았다. 대학에 사표를 던지고 프랑스 남부 시골에 처박혀서, 프랑스로 망명하기 전에 그가 천착했던 주제, 즉 사회주의에 대한 냉소와 육체적 사랑에 대한 찬사를 체코어로 복원하고 있다는 소식도 들려왔다. 하지만 프랑스 출판사의 편집장이 초고를 읽고 크게 실망한 나머지 MK가 노벨상을 받기 전까지 그걸 출간하지 않겠다고 선언했다. 그 대신 노벨상이 죽은 작가에겐 찾아가지 않는다는 사실을 의식해 일 년에 한두 번씩 MK와의 인터뷰를 진행하고 그 내용을 출판사 홈페이지에 게재했다.

나는 MK의 위선으로부터 한림원과 전 세계 독자들을 구해내야겠다는 사명감에 불타올랐다. 그래서 내가 그와의 워크숍에서 겪은 내용을 원고로 정리해 P에게 보여주었더니, 그녀는 얻을 것보다 잃을 게 많은 싸움을 시작하려면 좀 더 영리하고 전략적으로 행동해야 한다고 조언했다. 그래서 나는 MK와 닮은 작가가 등장하는 소설을 썼고 그걸 일본 출판사에서 출간했으나 일본 독자들의 관심을 끌지 못했다. P는 일본인 번역가를 통해 체코어 원고를 만든 뒤 체코 출판사 네 곳으로 보냈다. 두 곳의 출판사는 소설의 실존 인물을 정확히 알아차리고 계약을 거절했고 다른 한 곳은 아무런 회신도 하지 않았다. 체코에서의 출간을 포기하려는 순간 마지막 출판사에서 연락이 왔다. 체코 공산당 간부 출신이 설립한 그곳은 체코가 민주화가 된 이후에도 공산 시절의 향수를 자극하는 저급 인쇄물들을 출판하고 있었다. 창업자의 아들이기도 한 편집장 역시 내 소설 속에서 MK의 거울을 발견했다. 그리고 조국을 배신한 자에게 복수할 목적으로 내 책의 출간을 결정했다. 다만 내가 체코 독자들에게 전혀 알려지지 않은 데다가 원고에도 오류가 너무 많으니 차라리 체코의 작가를 앞세우는 게 낫겠다는 회신이 왔다. 당연히 나는 거절했지만, P의 설득에 굴복해 결국 계약서에 서명했다. 체코의 출판사가 내세운 작가는, MK가 체코에서 비밀경찰의 끄나풀로 활동하면서 감시했다고 알려진 남자였다. 그는 MK가 애인을 자주 만나던 카페의 종업원이었는데, 데이트에 집중하고 싶었던 MK는 보고서에 아무 이름이나 대충 적어 넣었고 이틀 뒤 그 종업원은 비밀경찰에 연행됐다―카페에서 MK를 감시하던 비밀경찰이 그 보고서를 읽고 그 종업원을 특정한 것이다. 그 뒤로 MK는 애인과 그 카페에 나타나지 않았다―. 고초를 치르고 석방된 그는 변변한 직업을 구하지 못한 채 삼십여 년 동안 곤궁하게 살아야 했다. 그러다가 MK가 비밀경찰의 끄나풀로 활동했다는 사실을 뒤늦게 알아차린 뒤로 크게 분노해 복수를 다짐했다. 그는 젊은 MK가 카페에서 벌인 추잡한 사건들을 폭로했고, 자신과 같은 피해자를 찾아내 고발을 부추겼다. 이미 세계 문학의 거물이 된 MK에게 복수하는 방법은 그가 노벨 문학상을 받지 못하도록 방해하는 것뿐이었다. 그런 참에 MK가 진행했던 워크숍의 악명을 듣게 되고 필리핀까지 찾아와 나를 인터뷰하면서, MK가 프랑스의 출판사와 번역가, 독자 위에서 독재자처럼 군림하고 있다는 사실을 한림원에 알렸고 MK는 탄탈로스의 형벌을 받았다. MK를 닮은 작가가 체코로 건너가서 피해자를 만난 뒤에 당시 쓰고 있던 소설을 포기한다는 내 이야기를 뒤집은 것이다. 그 소설은 체코에서 합법적으로 출간됐으나 그 당시 MK의 국적을 회복시켜주려던 정부가 세무조사로 협박하자 출판사는 그 책을 회수하고 재고를 전량 폐기했다. 반년쯤 지난 뒤에 나는 그 사실을 일본인 번역가에게서 우연히 전해 듣고 P를 추궁했으나 자신은 금시초문이라고 끝까지 모르쇠를 놓았다.

그 당시 일인 출판사를 차린 P는 체코의 출판사가 폐업하자 그 책의 내용을 완전히 뜯어고치고 영어로 번역한 뒤 세계 최대의 인터넷 쇼핑몰에 등록했다. 하지만 출간 후 반년 동안 오십 권도 판매하지 못했다. 그러다가 어느 날 독자 중 한 명이, 오문과 오탈자가 너무 많아서 통독할 수 없으니 그걸 편집한 편집자에게 그것들의 숫자만큼 벌금을 징수하는 게 낫겠다는 서평을 남겼다. 그 순간 P는 유레카를 소리쳤다. 출간일로부터 한 달 동안 오문이나 오탈자를 발견해서 출판사로 연락하는 독자들에게 한 단어당 이십 센트, 한 문장에는 일 달러씩 지급하는 마케팅 전략이 그때 탄생했다. 책을 구매하지 않은 자에게는 돈벌이의 기회가 주어지지 않았다. 저자의 인세보다 더 많은 사례금을 챙겨가는 독자까지 등장했지만, P는 신고받은 즉시 원고를 수정해 인터넷 쇼핑몰에 다시 올렸기 때문에 큰 손해를 보진 않았다. 독자들의 이익이 보장되는 수준에서 작가나 편집자의 실수가 묵인됐다. 가랑비에 옷이 젖는 걸 걱정해 자문위원들을 위촉했으나 그들조차 최종 원고를 오래 살필 수 없었다. 자신의 성공을 시샘한 경쟁자들이 비슷한 홍보 전략을 도입하자 P는 변호사와 계약하고 손해배상 소송을 진행하는 한편, 경쟁자들의 범법 사실을 가장 먼저 신고한 독자에게 천 달러의 포상금을 지불했다. 책보다 사업 수완만 주목받는 상황을 타파하기 위해 P는 국내외 유명 작가들의 작품들을 아시아 열 개 나라에 출판한다는 계획을 세우고, 그것을 각국의 언어로 번역할 자들을 다음과 같은 방법으로 모집했다. 출판사가 작가의 원고를 서너 편으로 나누고 첫 번째 분량을 인터넷 사이트에 공개한다. 그러면 원본을 해독할 수 있는 독자들이 자신의 언어로 번역해 사이트에 등록한다. 일정 기간이 지나면 더 이상의 번역본을 등록하지 못하게 하고 독자들의 투표를 거쳐 첫 번째 번역을 완료한다. 번역에 참여한 자들은 모두 일정 금액을 보상받는데, 최종 원고로 선택된 자는 추후 작품 판매량에 따라 인세를 받을 수 있다. 일주일 안에 원고 공개에서 투표까지 마무리된다. 물론 작품의 난이도에 따라 일정은 조정될 수 있다. 그러고 나서 두 번째 분량을 공개하는 식이다. 이런 방식으로 한 권의 소설책을 모두 번역하는 데 두 달이면 충분하다. 출간에 앞서 일주일은 P가 고용한 자문단이 최종 원고를 검토하는 데 할애된다. 책 뒷면에는 각 부분을 번역한 자들의 이름과 후기까지 실린다. 이 방법은 비용을 덜 들이면서 완성도를 크게 높였다. 게다가 홍보 효과는 기대 이상이어서 책들은 출간 한 달 만에 대부분 국가에서 베스트셀러로 등극했다. 물론 이런 번역 방법을 모든 작가가 반기는 건 아니었다. 어떤 작가들은 자신이 알몸으로 공원 가로등에 묶여 있는 듯한 수치심을 느낀다고 고백하며 계약을 취소하기도 했다. 하지만 이 방법으로 명성과 재산을 동시에 얻은 작가들은 차기 작품도 P와 계약하기 위해 갖가지 로비를 벌였다. 그들이 스스로 인세를 줄여준 덕분에 P는 더욱 크게 성공할 수 있었다. 일찌감치 자신의 목표에 도달한 P는 세계 각국에서 쇄도하는 작가들의 불평을 잠재우기 위해 더 이상 번역을 독자들에게 맡기지 않겠다고 발표했다. 오십여 개 언어를 십 분 만에 자연어 수준으로 번역해주는 컴퓨터 프로그램의 등장이 이 결정에 큰 영향을 끼쳤다.

MK가 생전에 저희 사업을 알고 계셨더라면 번역 걱정 없이 모국어로 원고를 작성하셨을 테니, 한림원도 결국 그의 이름을 불러주지 않았을까요?

나는 가볍게 고개를 흔들면서 P의 의견에 반대했다.

그래도 한림원은 그를 끝까지 무시했을 거야. 왜냐하면 번역 워크숍에서 MK가 저질렀던 시대착오적 범죄를 모른 척할 수는 없을 테니까.

선생님은 죽은 MK와도 끝내 화해하고 싶지 않으신 거군요.

P는 이따금 내가 자신의 스승이라는 사실도 잊은 채 공격적인 언사로 나를 난처하게 만들었다. 자문단 규모를 절반으로 줄인 뒤에도 내 자리를 남겨준 걸 크나큰 시혜로 여기는 게 분명했다. 돈 버는 데 더욱 헌신해달라는 사업가의 탐욕이 느껴졌다.

사실 최근의 일상이 내 일생에선 롱괴르에 해당하는 것 같아. 하지만 사랑니 같던 MK가 마침내 내 입안에서 뽑혀 나갔으니, 지금부턴 내가 성공할 수 있는 일이 많아지지 않을까?

　선생님을 오늘 뵙자고 한 게 다행이군요.

　P는 새로운 사업을 구상하고 있었다. AI를 활용해 대화형 소설책을 출간하는 것이다. 유료 회원으로 가입한 독자가 사이트에서 자신이 좋아하는 이야기 줄거리와 등장인물들의 성격, 그리고 주제를 말하면 컴퓨터는 그가 기대하는 이야기를 들려준다. 듣고 있다가 이해가 안 되거나 마음에 들지 않은 지점에서 독자는 이야기를 수정해달라고 요구할 수 있고 컴퓨터는 그 즉시 이전의 이야기를 폐기하고 새로운 걸 창작해낸다. 완성된 작품은 전 세계에 스무 개 언어로 동시에 출간된다. 단, 그 이야기의 저작권은 독자—또는 독자라고 오해되는 작가—가 아니라 그 시스템을 운영하는 P가 가진다. 이런 책이라면 하루에도 수백 권씩 찍어낼 수 있다. 역사나 과학적 사실을 건조하게 기술하는 책을 출간하는 데에는 더욱 유용하다. 레닌이나 광자光子와 같은 단어를 고흐나 송로버섯과 연결해서 서술하면 어떤 책이든 흥미진진해지지 않을 수 없다. 저작료나 출판 비용, 홍보나 유통 비용은 거의 들지 않으니 수익은 막대하다. P의 거창한 사업에서 내가 맡은 임무는 변방의 언어로 작성된

작품 중에서 고급 독자들에게 배포할 만한 것들을 골라내고 추천평 덧붙이는 것이다. 이미 재력과 명성을 충분히 확보한 P는 자신의 출판사에서 노벨 문학상 수상 작가의 작품을 독점 출간하는 것이 사업의 최종 목적이라고 말했다. 거액의 계약료를 들여 노벨상 후보 작가들을 영입하려고 애썼다가 무시당하자, 무명의 작가를 발굴하기로 결심했다. 하지만 돈벌이로 적당한 작품들은 널려 있었으나 노벨상에 어울리는 인성과 철학을 지닌 작가는 거의 없다. 작품이 아닌 작가에게 노벨 문학상이 수여되기 때문에 한림원도 P와 같은 고민을 할 것 같았다. P는 창작과 번역의 경계가 사라진 시대에 한림원처럼 폐쇄된 조직의 회원들이 최상의 선택을 할 수 없다는 사실을 증명하고 싶었다. 나는 P의 표절 검증 프로그램을 통해 MK가 19세기 인도와 페루에서 출간된 책의 내용을 자신의 소설에 무단으로 활용했다는 사실을 발견했다. 이십여 년 동안 노벨상 후보로 명성을 날리면서도 그런 흠결을 성공적으로 감출 수 있었던 까닭은 표절의 재료와 결과물이 모두 변방의 언어로 작성됐기 때문이었다. 폐쇄된 사회주의 체계 속에서 그토록 희귀한 고서를 읽을 수 있었다면 MK가 권력자들과 친분을 유지했다는 의심은 더욱 사실에 가까워질 수밖에 없다. 어쩌면 그는 번역가들이 자신의 작품을 국경 너머로 옮기다가 결국 자신이 표절한 원전을 찾아내게 될까 봐 불안했는지 모르겠다. 그런 상황을 모면하기 위해 번역가들을 정신적으로 학대했고 절체절명의 위기를 피해 은둔했다가 끝내 안락사까지 시도한 건 아닐까. 어쩌면 P는 조만간 MK의 유족들과 계약하고 MK의 미발표 원고를 확보한 뒤, 작가가 아닌 작품에만 수여하는 국제적 규모의 문학상을 제정할 수도 있겠다.

작가(들)의 말

 네 편의 작품을 쓰면서 나는 작가의 말로 발췌할 수 있는 문장을 여기저기 흩어놓았으므로 더 이상의 사족은 멈추고, 네 명의 작가들이 내 작품에 대해 쓴 감상평을 짧게나마 여기에 옮겨야겠다고 생각했다. 이미 고인이 된 그들이 책에 남긴 문장이라도 인용하려면 각자의 저작권 보유한 자들의 동의를 반드시 구해야 했다―괜한 짓을 했다고 지금은 몹시 후회한다―. 수십 년의 법정 공방 끝에 프란츠 카프카의 유고를 차지한 이스라엘 국립 도서관은 카프카를 흑인 여성으로 상상하는 건 반유대적 선동이라고 반박했고, 밀란 쿤데라의 대리인은 평생 고인을 괴롭힌 "당신은 트로츠키주의자였습니까?"라는 질문에 또다시 대답해야 하는 게 몹시 불쾌했으며, 모스크바의 고골 박물관장은 자체적으로 마련해

놓은 표절 검증 과정과 배상금 계산 방식을 고급 영어로 설명했다. 호르헤 프란시스코 이시도로 루이스 보르헤스의 비서이자 두 번째 아내였던 마리아 코다마는 내 이메일에 끝까지 회신하지 않았는데, 나중에 그녀의 부음을 듣고 내가 그녀의 병증을 더 악화시켰다는 죄책감에 한동안 빠져 있었다. 하지만 생전에 그녀가 주변 사람들에게 말한 대로 남편과 똑같은 나이에 죽음을 맞이했다고 하니, 다소 안심됐다. 결국 네 명의 작가들에게서 내 작품에 대한 감상평을 얻어내는 걸 포기하고, 그들이 생전에 동료 작가들에게 남긴 존경과 찬사를 이곳에 간추리기로 결정했다—내 작품에 대한 존경과 찬사가 절대 아니다—. 태어난 순서가 아니라 오래 산 순서대로 그들의 논평을 배열하겠다.

밀란 쿤데라: 막스 브로트가 카프카의 작품을 불태우지 않은 건 매우 현명한 행동이었다. 카프카는 자신의 작품이 세상에서 사라지는 걸 결코 원하지 않았다. 다만, 카프카의 작품을 브로트가 자의대로 편집하고, 심지어 수정까지 했다는 사실은 절대로 용서할 수 없다. 브로트는 집배원의 역할로 만족해야 했다—그가 불만했다면, 카프카의 개인 사서함을 관리하는 우체국장까지

인정해줄 수 있다―. 그리고 카프카 작품이 배달돼야 하는 곳은 이스라엘 정부가 아니라 체코 정부다.

호르헤 프란시스코 이시도로 루이스 보르헤스: 위대한 러시아 문학이 고골의 「외투」에서 나왔다는 도스토옙스키의 주장은 지나친 비약이다. 러시아의 위대한 작가들은 이미 17세기에 뛰어난 피카레스크 작품들을 완성했다. 고골도 그 사실을 잘 알고 있어서, 죽기 전까지 『죽은 혼』 2부를 완성하려 애썼다. 내가 쓴 『칼잡이들의 이야기』에도 러시아 출신의 악당들이 다수 등장한다는 사실을 기억하시라.

니콜라이 바실리예비치 고골: 사회주의는 내가 살던 시대의 희망이었다. 유토피아가 역사상 최초로 내 모국에서 실현됐다는 사실에 감격했다. 하지만 권력자들이 시민과 동맹국에 만행을 저지르면서 감격은 수치심으로 바뀌었다. 유토피아에서 아무도 군림할 수 없고 공평하게 존재해야 한다. 악몽에서 탈출한 작가들에게 희망을 걸어야 했다. 다만 번역의 문제로 인생을 소진하는 건 반대하겠다. 러시아어가 외국인이 배우기 가장 어려운 언어라는 편견이 러시아 문학이 위대하게 만든 게 엄연한 사실이기 때문이다.

프란츠 카프카: 맹인이라도 얼마든지 작가가 될 수 있고, 위대한 작가라면 국립도서관장 역할도 문제없다. 왜냐하면 어둠이 있어야 겨우 읽을 수 있는 책이 존재하기 때문이다. 어떤 세계는 너무 밝고 빛이 굴절되지 않아서 모든 사물이 하얀색이고 다른 색깔을 찾을 수 없다. 낮과 밤이 잠시 바뀔 때만 비로소 하얀 종이 위에 돋을새김된 문자의 그림자를 잠시 읽을 수 있는데, 백지 위에 돋을새김하는 장인이 곧 작가인 것이다. 손끝의 감각이 예민한 자일수록 위대한 작가나 국립도서관장이 될 확률이 높다. 독자들이 책을 읽을 수 없는 낮 동안 자신의 책을 낭독해줄 수 있을 만큼 비상한 기억력을 지녔다면 금상첨화겠다.

2025. 6.
김솔

| 김솔 작가가
| 펴낸 책들

- 소설집

『암스테르담 가라지세일 두 번째』, 문학과지성사, 2014
『망상,어(語)』, 문학동네, 2017
『살아남은 자들이 경험하는 방식』, 아르테, 2020
『당장 사랑을 멈춰주세요, 제발』, 청색종이, 2021
『유럽식 독서법』, 문학과지성사, 2020
『말하지 않는 책』, 문학동네, 2023

- 장편소설

『너도밤나무 바이러스』, 문학과지성사, 2017
『보편적 정신』, 민음사, 2018
『마카로니 프로젝트』, 문학동네, 2018
『모든 곳에 존재하는 로마니의 황제 퀴에크』, 아르테, 2019
『부다페스트 이야기』, 민음사, 2020
『사랑의 위대한 승리일 뿐』, 안온북스, 2023
『행간을 걷다』, 현대문학, 2024

순수한 모순
김솔 연작소설집

초판 1쇄 발행   2025년 6월 28일
발행인   이인성
발행처   사단법인 문학실험실
등록일   2015년 5월 14일
등록번호   제300-2015-85호

주소   서울시 종로구 혜화로 47 한려빌딩 302호
전화   02-765-9682
팩스   02-766-9682
전자우편   munhak@silhum.or.kr
홈페이지   www.silhum.or.kr

디자인   김은희
인쇄   아르텍

ⓒ김솔
ISBN 979-11-984817-4-0 (03810)
값 12,000원

이 책의 판권은 저자와 문학실험실에 있습니다.
양측의 서면 동의 없는 무단 전재 및 복제를 금합니다.